매일매일 채소롭게

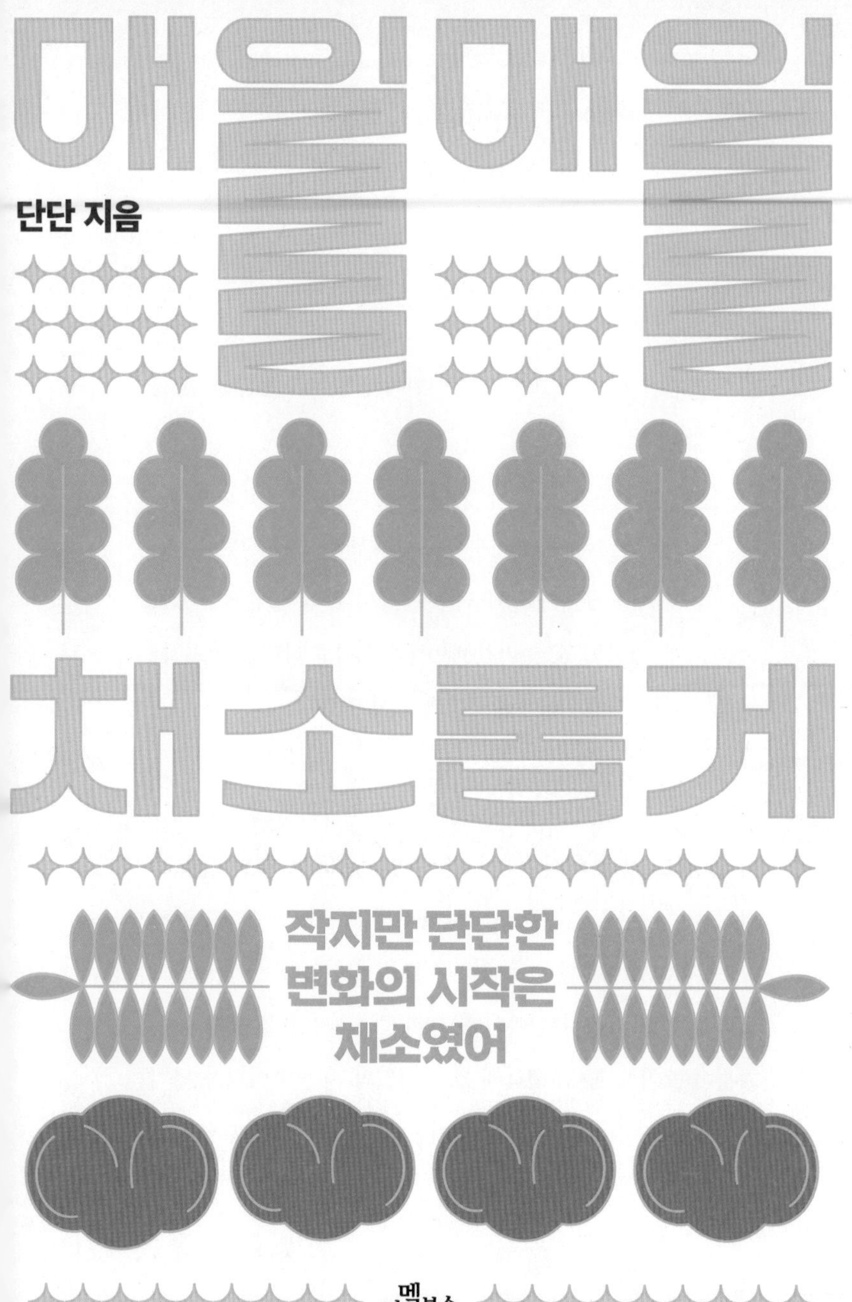
매일매일
단단 지음
채소롭게
작지만 단단한
변화의 시작은
채소였어
카멜북스

✢✢✢ prologue. ✢✢✢

우리가 꿈꾸는 채소로운 일상

채소에 관한 책을 쓰고 있다고 주변에 알렸더니 종종 이런 질문을 받는다.

> "채소만 먹는 건 아니지?" 또는 "혹시 채식주의자인 거야?"
> "채소를 좋아하고 채소를 예전보다 많이 먹게 되긴 했는데, 고기도 먹어. 비건 베이킹을 취미로 하지만, 우유 들어간 라테나 버터 들어간 빵도 사 먹고."

대개는 그렇구나 하고 넘어가지만 가끔 검열대에 오르는 기분이 들 때도 있다. 채식주의자도 아니면서 채소에 대한 책을 쓰다니, 하는 눈빛. 환경을 위해 텀블러를 쓰기 시작했다고 말하고 난 후에도 비슷한 반응을 마주한 적이 있었다. 한 번이라도 일회용 컵을 사용하면 나의 모든 진심을 의심받을 것만 같은 기분이 들기도 했다. 생각해 보면 타인의 시선이 아니라 나의 시선이었다. 스스로 그동안 줄여온 플라스틱 컵에 대해서는 생각하지 못하고 일회용 컵을 쓸 때마다 죄책감에 시달렸다.

0% 아니면 100%여야 하는 이유는 없는데, 스스로를 검열하고 있었다. 중요한 건 채소를 먹는다, 일회용품을 쓰지 않는다, 이런 행동 하나하나가 아니다. 왜 채소를 더 많이 먹게 되었는지, 왜 일회용품을 줄이고 싶어졌는지다. 어떤 계기로 행동의 변화가 일어났고, 그래서 나는 어떤 모습으로 살고 싶은지, 가치관과 지향점이 어떻게 바뀌었는지가 중요하다는 생각이다.

If you are not vegan, you are part of the problem.

인스타그램에서 우연히 이 문장을 봤다. 완벽한 비건이 아니라면 이 세상의 문제에 어떻게든 일조하고 있다는 이 문장을 보고 어딘가 콕 찔리는 기분이었다. 나는 채소 요리를 좋아하고, 고기보다 채소를 많이 먹고, 비건 베이킹을 하고, 제로 웨이스트를 실천하려고 노력한다. 하지만 그 무엇도 완벽하게 하고 있지는 않다. 이런 말들에 영향을 받아서 한동안 스스로를 감시하거나 죄책감에 마음이 무거워지기도 했다.

'편의점 비건 과자 모아 봤어'라는 제목의 카드뉴스를 본 적도 있다. 편의점에서 파는 오레오, 야채 크래커는 모두 비건 과자다. 이 과자를 먹는 것이 동물의 희생은 분명 줄일 테지만 우리 몸과 환경에는 어떤 영향을 끼칠까 생각해 보면 먹고 싶지 않다. 더 이상 편의점에서 파는 '공장 과자'를 먹고 싶지 않기도 했다. 지리산 앉은뱅이 밀과 두유, 유채유, 비정제당으로 집에서 만든 과자를 먹다 보니 시중에 판매되는 과자들은 너무 달고 오랫동안 상하지 않는다는 사실이 무서워졌다.

나는 건강한 음식을 먹고 아프지 않은 일상을 지내고 싶다. 건강한 몸이 주는 가볍고 경쾌한 마음가짐을 좋아한다. 몸과 마음이 건강한 사람이 주는 기분 좋은 에너지가 무엇인지 알기 때문에 주변 사람들이 모두 건강하고 즐거웠으면 좋겠다. 그러려면 공장식 축산이 사라져야 하고, 농장에서도 몇 가지 단일 품종만 재배하기보다는 다양한 작물이 자랄 수 있게 해야 한다. 동물과 식물이 건강해야 사람도 건강하게 살 수 있기 때문이다. 지금보다 쓰레기를 줄여야 하고, 소비를 줄여야 하고, 인공적인 화학 물질 사용을 줄여야 한다. 땅과 바다와 공기가 건강해야 우리가 건강하게 살 수 있기 때문이다. 그러기 위해 꼭 필요한 것만 사고, 중요한 일에 집중하고, 좋아하는 사람들을 만나서 행동하고 표현하는 일상을 만들고 싶다. 채소를 더 먹고, 일회용품을 덜 쓰고, 책을 더 읽고, 가치 있는 일에 돈을 쓰고 시간을 투자하고 싶다.

이 마음을 잊으면 하나를 위해 다른 하나를 잃게 된다. 모든 것은 연결되어 있다. 하나만 딱 떼어 놓을 수가 없다. 비건을 위한 편의점 과자가 일회용 비닐에 포장되어 있고, 몸에 해로운 화학 첨가물이 들어가 있고, 그 과자를 만든 기업은 제3세계에서 비윤리적인 노동 착취를 행한다고 가정해 보자. 100%의 비건이 되기 위해 누군가의 권리를 침해하거나 환경을 오염시킨다거나 건강을 해친다면 이것은 얼마큼의 가치가 있는 행동일까?

> "갈 곳 없는 길고양이들은 비 오는 날 비를 피할 곳이 없다. 가뭄이 들어 농부님들이 농사를 망친다고 해도 비가 영영 내리지 않았으면 좋겠다."

비 오는 여름날, 인스타그램에 고양이 사진과 함께 올라온 글이다. 길고양이를 돌보던 마음씨 좋은 카페 사장님의 속마음은 이랬구나, 안타까운 마음으로 팔로우를 취소했다. "내가 좋아하는 고양이들만 안 아프면 돼." 차라리 이렇게 말했다면 덜 속상했을까. 애꿎은 농부에게 가뭄을 내리다니, 그 이기적인 마음에 울적해졌다.

내가 제안하고 싶은 것은 100%의 비건, 100%의 환경운동가, 100%의 인권운동가가 아니다. 지금보다 더 나은 내일을 위한 일상 속 작은 변화를 만드는 것. 조금 더 채소를 먹는 일. 이왕이면 농부시장에서 직접 채소를 사 보고, 장 보러 갈 때 용기를 가져가 채소를 담아 와 보는 일. 채소로운 일상이란 그런 것이다. 100%에 집중해서 놓치게 되는 것들에 대해 생각해 보자는 것이다. 그보다는 우리 모두가 10%씩 더 채소를 먹고, 텀블러를 가지고 다니고, 기부를 해 보는 것이 낫지 않을까.

When diet if wrong, medicine is of no use.
When diet is correct, medicine is of no need.

우리 집은 주말마다 모가(母家) 식당 사장님이 와서 요리를 해 준다. 사장님은 건강한 재료로 건강하게 요리해 먹으면 약이 필요 없다고 말한다. 사장님 요리를 먹고 화장실도 잘 가고, 배부르게 먹어도 살찌지 않고, 잠도 잘 자게 되었다. 아유

르베딕 요리책을 보다가 모가 식당의 철학과 비슷한 문장을 발견하고 기억해 두었다. 모가 사장님은 매번 '약식동원'을 외친다. 약과 음식은 그 원리가 같다나.

모가 사장님은 사실 내 남편이다. 모가 식당은 나와 남편이 만들어 낸 가상의 식당이다. 남편은 주말 아침마다 주방에서 '내가 모가 사장이야' 자랑스러운 한마디와 함께 요리를 시작한다. 인스타그래머블한 채소 요리를 지향하는 나와 달리 모가 사장님은 '요리 대가 할머니가 30년째 운영하는 백반집'을 지향한다. 모가의 메뉴는 제철 채소와 나물, 그리고 고기 요리 한 상 차림이다. 사장님은 제육볶음, 삼겹살, 한우를 좋아하고 매끼 식단에 고기가 빠지면 '제대로 된 한 끼'라고 생각하지 않는다.

남편이 해외 파견 근무를 하는 기간 동안 나는 점점 비건, 채식, 생식에 관심을 갖게 되었고, 그가 없는 2년 반의 시간 동안 내 입맛은 점점 채소 위주로 변해 갔다. 남편이 해외 근무를 마치고 돌아온 후 우리는 서로의 일상을 다시 맞추는 '조정 기간'을 보내야 했는데, 가장 어려운 것이 달라진 입맛과 식단이었다. 그렇다고 한 상에서 각각 밥을 따로 해 먹고 싶지는 않았다. 요리 노동력도, 재료도, 설거지도 모두 2배로 늘어나는 비효율적인 방법이기도 했고, 요리해서 내 입에 넣어 주기를 좋아하는 남편의 즐거움을 뺏고 싶지도 않았다. 우리가 맞춰 나간 식단의 결과는 나물과 쌈채소였다. 나는 오색빛 예쁜 샐러드를 포기했고 남편은 고기가 주인공인 식단을 포기했다. 여전히 우리의 밥상에 고기가 자주 등장하지만, 우리는 매끼 다양한 나물을 먹는다.

회사를 다니면서 채식을 하려면 굳은 의지와 노력이 필요하다. 꼭 그렇게 해야겠느냐는 서늘한 눈빛들에서 독립하는 것은 쉽지 않은 일이다. 사람들의 시선에서 독립을 선언한다고 해도 기업에 다니는 이상 환경과 동물로부터 완벽하게 자유로울 수 없다. 거의 대부분의 기업이 어떤 식으로든 동물과 환경에 유해한 일을 하고 있다. 꼭 필요하지 않은 물건을 사게 만드는 소비주의를 조장하고, 제품을 만들기 위해 동물 실험을 하고, 환경을 파괴할 수밖에 없다. 더 싸게 더 많이 만드는 일의 뒷면은 언제나 씁쓸하다.

조금 우울한 시기도 있었다. 어떤 노력을 해도 나의 일상은 조금씩 이 세상을 망치고 있다는 죄책감이 들었다. 이미 알아

버렸기에 다시 돌아갈 수 없는 강을 건넌 셈인데, 건너온 강에서 내가 할 수 있는 일이 아무것도 없다는 생각이 들었다. 그즈음 나와 비슷한 생각을 하는 친구들을 만나서 같이 고민을 나눴다. 우리는 '할 수 있는 만큼 하는 법'을 공유했다. 각자의 일상에서 알게 된 정보와 노하우를 모아 두었다가 만나는 자리에서 서로 알려 주었다. 뿌듯함을 나누고 충분히 격려하고 칭찬하고 관심 가져 주었다. 내 자리에서 나에게 주어진 일을 하는 것만으로도 변화는 일어났다. 내 인스타그램을 본 다른 친구들이 내가 읽는 책에 대해 물어보고, 채소 레시피를 궁금해하고, 제로 웨이스트 장보기를 시작했다. 책이나 방송에 나오는 이야기가 아니라 바로 옆의 친구가 하는 일이어서 더 가깝게 느껴진 모양이다.

가장 큰 변화는 남편이었다. 같은 집에 살면서 일상을 공유하니까 당연할 수도 있지만 크게 불평 없이 조금씩 습관을 바꾸는 모습이 고마웠다. 뒤에서 내가 야금야금 보이지 않는 손을 뻗은 결과이기도 하다. 주말 아침에 환경 관련 다큐멘터리를 슬쩍 틀어 놓고, 장 보러 갈 때 채소를 비닐 대신 삼베 주머니에 담아 오게 하고, 수세미와 고무장갑, 세제를 모두 천연 제품으로 바꾸어 두었다. 이제 남편은 회사에서 커피를 마실 때

꼭 텀블러를 들고 다닌다고 한다. 아내가 관심 있는 일에 나도 관심 가져야 한다고 말해 주는 사람이라 가능한 일인지도 모른다.

채소를 가까이하면서 조금씩 조금씩 새로운 삶의 가치관을 만들어 나가고 있다. 여전히 거대 자본인 대기업에서 일하며 그 월급으로 일상을 유지해 나가고, 아파트에 살고 있고, 계절마다 인터넷 쇼핑몰에서 새 옷을 사 입고, 친구들을 만나면 요즘 힙하다는 식당에서 고기 요리를 먹기도 한다. 다만 동시에 내가 누리고 즐기는 것들의 이면에 무엇이 있는지 공부하고, 사람들이 대부분 철석같이 믿는 것들을 의심하고, 사회에 도움이 될 일이 있다면 무리하지 않는 선에서 하고 싶다. 올해는 처음으로 환경 단체와 어린이 인권 단체에 기부해 보았다. 세상에는 변화를 지휘하는 사람도 필요하지만 나와 같이 그들의 뒤를 따라가며 천천히 일상의 변화를 시도하는 사람도 필요하다. 모두가 활동가라면 그들의 활동비는 누가 충당할까? 나와 같은 생활인이 기부도 하고 홍보도 돕고 책도 사야 한다.

완벽하게 옳고 완벽하게 무해하고 완벽하게 아름답기 위해 나를 잃고 싶지 않다. 나답게 조금씩 천천히. 이리도 가 보고 저리도 가 보면서 나다운 일상을 만들어 나가고 싶다. 그것이 내가 꿈꾸는 채소로운 일상, 채소로운 매일매일이다.

차 례

완벽하지 않아도 괜찮아

우리의 시작을 소개합니다

+++ 냉이 +++

이토록 따뜻한 초록이라니

첫 회사에서 2년을 보내고, 두 번째 회사에서 3년 정도 되던 시기였다. 회사라는 곳에 꽤 적응했다고 생각하고 있었다. 같은 일을 반복해서 하다 보니 일이 그리 어렵게 느껴지지 않았다. 때에 따라 일이 많은 시기도 있었지만 못할 정도는 아니었다. 같이 일하는 사람들도 좋았고 출퇴근 거리나 퇴근 시간도 모두 적당히 괜찮았다.

그런데도 이상할 만큼 기운이 안 났다. 매번 지나가는 겨울이었지만 유독 길게 느껴졌다. 운동을 꾸준히 해 왔지만 몸이 쉽게 지쳤다. 마음이 지쳐서 몸이 지치기도 했고 몸이 지쳐서 마음이 지치기도 했다. 퇴근하고 집에 오면 허기가 훅 밀려 왔다. 회사와 집 사이의 거리가 멀지는 않았지만 퇴근길 버스 안에서 이리저리 치여서 그렇겠거니 생각했다. 사람들이 가득 들어찬 버스 안에서 가까스로 손잡이를 잡은 채 꽉 막힌 도로를 보며 멍하니 집으로 향했다. 회사 밖으로 나오면 회사 일을 쉽게 잊는 성격이긴 하지만 가끔은 기분 나쁜 말들이 잊히지 않는 날도 있었다. 다들 그렇겠지, 뭐 별 것 아닌 일이겠지, 잊어버리자, 스스로에게 말하며 털어 내다 보면 집에 도착해 있었다.

그렇게 집에 가면 배고프고 귀찮은 마음에 냉동 만두나 빵, 파스타처럼 빨리 먹을 수 있는 요리를 했다. 저녁에는 배가 부르기 직전에 식사를 멈추어야 적당하다고 하던데, 배가 부른 걸 알면서도 계속 먹고는 했다. 먹는다기보다 채우는 행위 같았다. 진짜 배가 고팠던 게 아니라 허한 마음 때문이었다는 것을 나중에야 알았다. 그때는 정말 배가 고파서라고 생각했다. 소화가 안 되는데도 배가 빵빵해지도록 먹고 나서야 정신을 차렸다. 후회해도 이미 먹어 버린 것을 어쩌나. 설거지를 후다닥 하고 소파에 누워 휴식 자세를 잡는다. 칼퇴를 하면 저녁 있는 삶이 생긴다고 하던데, 왜 나는 6시 땡 하고 퇴근해도 이렇게 피곤할까.

그 날도 별다를 것 없는 하루였다. 퇴근하면 회사에서 나와 선유도 공원 건너편 버스 정류장까지 걸어가서 버스를 탄다. 그 길이 한동안 어둑어둑했는데 퇴근길에 해가 아직 비치는 걸 보고 '긴 겨울도 이렇게 지나가는구나' 생각을 하며 걸어갔다. 고개를 숙이고 발을 보며 걷다가 발 밑에 비친 해를 따라 고개를 들어 건너편의 공원을 바라보았다. 공원의 육교 위에 해가 걸쳐 있었다. 확실히 며칠 전에 비해 햇빛이 강했다. 저녁 6시가 조금 넘은 시각. 슬슬 어둑어둑해지려는 게 아니라 낮의 온기를 간직한 채 반짝이는 햇볕이 떠나기 전 마지막 임무를 다하려는 듯 모든 공기를 타고 빛을 토해 내는 것만 같았다. 초록이 이렇게 다양했구나, 오후가 이렇게 반짝였구나, 내가 알던 그 길 위 같은 공간이 맞나? 주체할 수 없이 반짝거리는 4월의 저녁에 한참을 멈추어 섰고, 몇 번이나 숨을 크게 들이마셨다. 아, 오랜만이다. 이른 봄에서 봄의 한가운데로 넘어가는 계절. 바람은 따뜻하기도 했고 시원하기도 했다. 저녁 햇살은 낮게 반짝였고 내 허리춤만큼 자란 나무의 잎들은 진한 초록빛 햇살을 반사했다. 이런 게 생명력인가 보다.

겨울을 지나 보내고 봄기운을 얻은 나무들이 초록을 뿜어내는 것을 보고 있다가 문득, 봄채소 요리를 해 먹어야겠다고 생각했다. 다시 기운을 차린 나무들처럼 나도 힘을 내야겠다는 생각이 들었다. 매일매일 똑같이 흘러가는 하루지만 지겹다는 생각과 불평으로만 지낼 수야 없지. 오늘은 집에 가는 길에 장을 봐서 제대로 무언가를 해 먹을 테다.

동네 마트에 들렀다. 어떤 채소들은 한방차 비슷한 냄새가 나는데, 그 냄새를 맡는 것만으로도 몸이 좋아지는 기분이다. 냉이, 미나리, 쑥, 당귀처럼 특유의 향기를 내뿜는 채소들이 특히 그렇다. 이 시기에는 냉이가 자주 보인다. 약초에서 나는 향을 맡듯이 킁킁거리며 냉이의 향을 맡았다. 이게 봄냉이의 냄새란 말이지. 냉이를 어떻게 요리해야 하는지도 모르면서 냉큼 냉이를 샀다. 집에 돌아와 유튜브로 냉이 요리를 검색했다. 가장 쉽게 따라 할 수 있는 메뉴를 찾았다. 냉이 된장 죽.

냉이는 손질이 어렵지는 않지만 생각보다 손이 간다. 우선 물에 담가 둔 후 흔들어서 뿌리에 묻은 흙을 제거해야 한다. 물에 헹구어도 자세히 들여다보면 뿌리 사이사이에 흙이 여전히 남아 있다. 그 흙을 모조리 없앨 수는 없고, 뿌리가 시작되는 지점의 검은 부위만 칼로 긁어 준다. 흙을 제거하고 나서 다시 한 번 흐르는 물에 씻은 냉이를 한입 크기 정도로 잘라 두면 손질은 끝. 냉이를 다듬고 나면 국물을 만든다. 멸치 육수에 된장을 한 스푼 넣고 끓어오르면 현미밥을 넣어 죽처럼 끓인다. 죽이 보글보글 끓어오르면 이제 오늘의 주인공 냉이를 넣을 시간. 냉이의 숨이 살짝 죽어서 부드러워질 때까지만 끓이면 된다.

뜨끈하게 완성된 냉이 된장 죽은 냄새가 구수하고 향긋하다. 퇴근하고 저녁을 먹을 때는 자주 티브이 앞에서 예능 프로그램이나 드라마를 보며 밥을 먹곤 하는데 이날은 냉이 된장 죽 맛에 집중하고 싶어서 식탁에 상을 차렸다. 멸치 육수, 된장, 냉이, 현미밥만으로 만든 식사는 화려하지는 않지만 자연스러운 재료의 맛이 느껴졌다. 진짜 채소를 먹는 기분이었다.

그제서야 알았다. 긴긴 겨울 동안 왜 그렇게 힘이 들었는지. 회사에서 하는 일이 익숙해지긴 했지만 반복적인 단순 업무에 가까웠다. 그 안에서 내가 새롭게 시도하고 변화를 줄 수 있는 여지가 전혀 없는 것은 아니었지만 벽에 가로막혀서 더 나아갈 수 없는 기분이었다. 거대한 조직 안에서 할 수 있는 시도를 식당에서 밥 먹는 일로 비유하자면, 매일 같은 식당에 가서 같은 메뉴를 시키지만 오늘은 이 반찬을 더 먹어 보고 내일은 저 반찬을 좀 더 먹어 보는 정도라고 느껴졌다.

채소를 다루는 것은 회사 일과는 성격이 아주 달랐다. 지금이 봄인지 여름인지 채소를 보며 계절의 변화를 느낄 수 있었고, 채소를 만지면 실재하는 생명을 마주하는 기분이었다. 채소 본연의 자연스러운 맛을 살리며 요리하는 것은 현실에 존재하는 무언가를 내 손으로 다듬어 내는 일이었다.

일상에서 채소를 마주하는 일은 단순히 좀 더 건강하게 먹는 것과는 달랐다. 기존의 일상에서 느끼지 못했던, 온전하게 시작부터 끝까지 만들어 가는 감각이었다. 회사에서 내가 하는 일이 극히 일부분이라면 채소를 사러 가고, 고르고, 손질하고, 요리하고, 플레이팅을 하고, 사진 찍어 SNS에 올리는 일은 스스로 독립적인 하나의 프로젝트를 진행하는 것에 가까웠다. 나의 일상을 바라보는 방식 자체가 달라졌다. 회색빛 무채색 일상에 총천연색 화면이 켜진 것만 같았다. 실제로 채소의 색이 그만큼 다채롭기 때문에 밥상의 색채도 다양해졌다.

그렇게 퇴근 후 매일매일 채소로운 일상이 시작되었다.

냉이 된장 죽 한 그릇을 만들어 먹은 것뿐인데 많은 게 달라진 것이다. 그 뒤로 퇴근길에 '제철 채소'를 검색하는 습관이 생겼다. 오늘은 무슨 채소를 먹어 볼까, 이 시기에만 맛볼 수 있는 계절의 재료가 궁금해지고 그것을 어떻게 손질하고 요리하면 재료의 참맛을 고스란히 느낄 수 있는지 공부하기 시작했다.

채소 생활을 시작하고 퇴근 후의 행동 패턴도 바뀌었다. 집에 돌아와 전날 손질해 둔 채소로 간단하게 요리를 해 먹고, 다음 날을 위한 '채소 밑작업'을 하게 되었다. 직장인 채소 생활자에게 부지런한 밑작업은 매우 중요하다. 퇴근 후 요리를 할 때 채소를 처음부터 손질하려고 하면 요리를 포기하게 된다. 당장 배가 고파서 뭐라도 먹고 싶은데 채소 하나하나 다듬을 마음의 여유가 없다. 채소마다 다듬고 손질하는 방법도 달라서 새로운 채소를 만날 때마다 공부를 해야 하는데 한가한 주말에야 그것도 나름의 재미지만 퇴근 후 손질되지 않은 채소를 마주하면 그냥 다 포기하고 빵이나 먹고 싶은 심정이다.

다행히 밑작업만 되어 있으면 그다음부터는 요리가 정말

간단하다. 손질한 채소를 된장 푼 물에 넣고 끓이면 된장국이 되고, 데친 채소를 양념에 버무리면 나물이 된다. 데친 채소를 잘게 잘라서 빵이나 과자에 넣어도 좋다. 향이 좋은 채소들을 페스토로 만들어 먹기도 한다. 페스토를 크래커나 빵 위에 얹어서 차와 함께 티푸드로 곁들이면 정말 맛있다.

채소 생활을 하기 전에는 어떻게 손질하고 보관해야 할지 몰라서 채소를 사기가 꺼려졌다. 나물은 손질하기 어려울 것 같고 그래도 채소는 먹어야겠다는 생각에 주로 샐러드를 사서 먹었다. 그러다가 가끔 엄마가 해 주던 채소 요리가 먹고 싶어질 때가 있다. 로메인, 양상추 이런 거 말고 시금치나물, 고사리나물, 콩나물무침 이런 것들이 무척이나 그리울 때가 있다.

집밥이란 단어 앞에는 자주 '소박한'이라는 단어가 붙는다. 하지만 채소에 관심을 가진 후로 채소와 함께하는 집밥은 절대 소박하지 않다는 생각이 들었다. 나물 하나만 먹어도 나물의 향, 들기름, 간장이 어우러진 완벽한 조화가 밥알과 함께 입안에 감돈다. 이 맛이 어떻게 케이크보다 소박할 수 있을까. 물론 빵도 과자도 케이크도 좋아한다. 채소의 매력은 그보다 낫거나 못한 문제가 아니다. 채소 하나만으로도 온전히 맛있고, 채소 한 가지로도 다양한 맛과 식감을 만들어 낼 수 있다.

채소와 함께하면서 내 일상으로 계절이, 다양한 색이, 자연의 기운이, 자극적이지 않은데도 기억에 오래 남는 맛들이 들어왔다. 조금씩 채소를 더 가까이하면서 나의 생각과 행동도 변하기 시작했다. 주변 사람들을 바라보는 시선, 일을 대하는 마음, 미래에 대한 생각, 쉬는 날 하고 싶은 일들이 바뀌었다. 그 과정을 놓치기가 아쉬워 글을 쓰기 시작했다. 이 책은 어쩌면 그 변화 과정의 일기다.

✧✧✧ 배추 ✧✧✧

한 가지 채소로 요리하기

장 보러 갔다가 천 원짜리 알배추를 발견했다. 내 손바닥만 한 귀여운 알배추는 연한 노랑과 연둣빛을 띠고 있었다. 알배추 된장국이나 끓여 볼까.

된장국 끓이기는 보리차를 끓여 두는 일과도 같다. 단순한 재료와 된장 푼 물로 만든 이 국물을 아침저녁으로 마실 수 있도록 언제나 넉넉하게 끓여 둔다. 아침에 해독주스를 갈아서 마시는 사람들이 많은데 된장국도 해독주스 못지않다. 오히려 빈속에 차가운 주스를 마시는 것보다 따뜻한 된장 국물을 마시는 것이 위장에도 좋다.

채소 한두 가지를 최소한의 양념으로 간단하게 요리하는 것을 좋아한다. 신선하고 그 자체로 맛있는 제철 채소라면 간을 많이 할수록 재료 본연의 맛을 느낄 수 없어서 아쉽다. 요리에 지나치게 많은 시간과 노력을 들이고 싶지 않기도 하다. 어떤 요리들은 손이 많이 갈수록 맛있다고 하지만 조리 과정이 길다고 꼭 건강한 것은 아니다. 로푸드(생식) 요리사들은 가열하지 않은 재료를 먹어야 효소가 파괴되지 않은 영양분을 섭취할 수 있다고 말하는데, 익힌 요리의 부드럽고 따뜻한 매력이 있기에 최소한의 조리는 하는 편이다. 복잡하고 어려운 방법을 통해 맛을 내는 것보다 간단하게 조리하고도 맛있다면 그게 오히려 좋은 요리법이라고 생각한다.

맑게 끓인 된장국에 채소 한두 종류를 넣고 끓이면 언제라도 편하게 먹을 수 있다. 나의 알배추 된장국 요리법은 이렇다. 흐르는 물에 알배추를 씻어 물기를 탈탈 털어 내고 5cm 크기로 썬다. 냄비에 물을 한가득 붓고 멸치와 다시마를 넣고 끓인다. 한바탕 끓으면 멸치와 다시마를 건져 낸 뒤 된장을 풀고 다시 폭폭 끓인다. 그러고는 썰어 둔 알배추를 우르르 넣고 또 끓인다. 이렇게 냄비 가득 맑은 된장국을 끓여 두면 출근할 때 한 그릇 데워서 후루룩 마시고 나가기도 좋고, 퇴근 후 운동까지 하고 늦은 시간 집에 돌아와서 먹기도 좋다. 속이 편하고 보기보다 든든하다.

주말에 알배추 된장국을 냄비 가득 끓여 아침저녁으로

먹고 나서 수요일쯤 한 번 더 끓이면 딱 맞다. 그렇게 알배추로 일주일 내내 된장국을 끓이고 또 끓이고 먹고 또 먹었다. 다시 돌아온 주말에 집에 뭐가 남았나 하고 냉장고를 열었더니 알배추가 반도 줄지 않고 있었다. 어쩌지, 알배추 된장국은 일주일 내내 먹어서 이미 질렸는데. 요리책을 뒤적여 보다가 알배추 무침을 찾아냈다. 겉절이처럼 아삭아삭 상큼하게 먹는 반찬인데, 샐러드 식감의 겉절이를 좋아하는 나에게 딱 맞는 메뉴였다. 알배추 무침을 해 먹고 나서 이제 좀 줄었으려나 냉장고 문을 열었는데, 이럴 수가. 대책이 필요했다. 된장국을 좋아하지만 매끼 같은 메뉴로만 먹기는 지루하다. 내가 알고 있는 것 이상의 요리법이 필요했다.

인터넷으로 한참을 검색하다가 이양지 선생님의 '한 가지 채소 요리' 동영상을 찾아냈다. 마크로비오틱에 관심이 있어서 이양지 선생님의 책을 읽어 본 적이 있었다. 한 가지 채소로 간단하게 여러 요리를 만들어 먹는다는 점이 좋았다. 나에게 꼭 필요한 접근법이었다. 물론 한 번 먹을 양으로 손질된 채소를 파는 서비스도 있고 밀키트도 다양하게 나와 있지만 중간 과정이 생략되어 이미 가공된 채소를 만나는 기분이었다. 내키지 않았다. 농사까지 지을 여력은 없지만 아직 흙이 묻어 있는 채소를 툭툭 털어 가며 만지고 싶었다. 그게 아니라면 적어도 아직 채소 고유의 형태를 유지하고 있는 상태에서 보고 싶었다.

본래의 모습을 간직한 채소를 사서 그 주간은 한 가지 채소로 이렇게도 저렇게도 먹어 보고 싶었다. 한 가지 재료를 다양하게 해 먹는다는 게 도전처럼 느껴지기도 했지만, 생각해 보면 그렇게 어려운 일이 아니다. 마트에 가면 어차피 늘 보는 채소들을 본다. 콩나물, 대파, 양파, 토마토, 애호박, 부추, 고추, 시금치… 우리가 일상적으로 접하는 채소는 종류가 어느 정도 정해져 있고, 우리는 이미 다양한 방법으로 그 재료들을 이용하고 있다. 다만 한 번에 요리하는 재료의 종류를 단순화하는 것뿐이다.

알배추와의 질긴 인연은 배추전을 마지막으로 정리했다. 배추가 싫었던 건 아니지만 준비 없이 한 가지 재료를 대량으로 맛보고 나니 다음부터는 채소를 살 때 미리 요리 계획을 세워야겠다고 생각했다. 다음 채소부터는 좀 더 신중하게 골랐다. 대개 제철 채소였다. 한 주를 건강하게 보내게 해 줄 채소라고 생각하니 계절의 흐름과 상관없이 언제나 볼 수 있는 채소보다는 지금을 놓치면 일 년을 기다려야 하는 채소가 반갑게 느껴졌다.

쑥, 취나물, 두릅, 완두콩, 토마토, 살구, 옥수수, 감자, 버섯, 무화과. 주제가 될 채소를 정하고 나면 어떻게 요리할지 고민했다. 주로 요리책을 이용했다. 블로그나 요리 앱으로 찾으면 더 간편하지만 최소한의 재료로 채소 본연의 맛을 살리자는 주제로 레시피를 모아 놓은 책에 더 믿음이 갔다. 주로 이양지 선생님의 마크로비오틱 요리책이나 요나, 히데코 님의 책을 참고했다. 강지수 님의 책 『최소의 재료 최고의 맛』도 유용했다. 미니멀리즘이 '힙하다' '예술적이다'라고 느껴지는 이유는 단순화의 과정에서 무엇을 넣고 무엇을 뺄지 결정하는 기술 때문이다. 오랜 시간 축적된 내공이 있어야 가능한 기술이다.

한 주간의 채소를 주말에 사서 요리법에 맞게 손질해 두면 평일에 퇴근하고 집에 가서도 크게 힘들이지 않고 요리를 할 수 있다. 그동안 시도했던 한 가지 채소 요리를 재료별로 나열해 보면 다음과 같다.

쑥: 쑥 전, 된장 쑥 국, 쑥 두유 라테

취나물: 취나물밥, 취나물 무침, 취나물 쌈

완두콩: 완두콩 수프, 완두밥, 완두 잼

감자: 감자밥, 감자 수프, 감자 된장국, 감자 고추장 무침, 감자채 볶음

버섯: 버섯 피클, 버섯 들깨 무침, 버섯탕

옥수수: 옥수수밥, 옥수수 수프, 옥수수 샐러드, 옥수수 케이크

한 가지 채소 요리를 하다 보면 자연스레 재료에 대한 이해가 생기면서 요리 실력이 는다. 요리를 잘한다는 건 재료의 특성을 이해하고 그에 맞는 조리법과 양념을 선택하는 감각이 좋다는 것이다. 그동안 몰랐던 채소의 맛을 알게 되는 즐거움도 있다. 익숙한 방식이 아니라 새로운 방법으로 만든 채소 요리를 맛보며 채소에 대해 잘 몰랐구나 싶다. 이렇게 몇 번 하다 보면 자신감이 붙고 도전 정신도 더 강해진다. 집에 있는 재료를 머릿속으로 조합해서 새로운 요리를 뚝딱뚝딱 만들어 내기도 하는데, 그러다 기대 이상으로 맛있는 요리가 나오면 그렇게 기쁠 수가 없다. 회사에서 성과를 낼 때보다 더 기쁘기도 한데, 왜 그럴까 생각해 보니 회사에서는 아무리 잘해도 '회사의 공'이지만 요리는 온전히 나의 작품이라고 느껴지기 때문이다.

새로웠던 요리를 떠올려 보면 주로 기존에 알던 것과 반대로 재료를 이용하는 경우다. 천도복숭아를 올리브 오일과 고춧잎에 볶아 따뜻한 샐러드를 만든 적이 있다. 과일은 냉장고에 넣어 두었다가 시원하게 먹어야 맛있다고 생각했는데 오일에 따뜻하게 볶으면 오히려 단맛이 더 진하게 느껴지고 과육이 부드러워진다. 과육에서 수분이 나오기 시작할 때 채소와 함께 볶으면 채소에도 과즙의 새콤달콤한 맛이 배어서 드레싱이 따로 필요 없다. 깊은 단맛을 가진 무화과를 두부와 함께 버무려 샐러드를 만들었을 때도 새로웠다. 보통 과일은 달아서 반찬으로 활용하기보다는 디저트 재료로 쓰는데, 잘 조합하면 반찬처럼 먹을 수도 있다.

아주 모를 때보다 조금 알게 되었을 때 더 궁금해지고 알아보고 싶어진다. 사람도 일도 그렇고 채소도 그렇다. 아는 것이 별로 없을 때는 찰나의 이미지로 상대를 판단하게 된다. 순간의 표정, 한마디 말, 한 번의 결정으로 상대를 안다고 착각한다. 그리고 관심의 영역에서 내버리거나 오히려 성급하게 좋아해 버린다. 잘 알지도 못하면서 안다고 생각하는 것이다.

예전에는 채소 섭취를 늘리려면 샐러드를 먹어야 한다고 생각했다. 양상추나 새싹잎, 로메인 등을 작게 잘라서 드레싱을 뿌려 먹는 샐러드만 알던 그 시절에는 그리 맛있지는 않지만 몸에 좋으니까 채소를 먹는다고 생각했다. 샐러드용 채소를 별로 좋아하지 않았고 자극적인 드레싱도 별로였다. 엄마가 해 주던 나물은 맛있지만 손이 많이 갈 거라고 생각해 지레 겁을 먹고 도전하지 않았다.

한 가지 채소로 다양하게 해 먹기 시작하면서 채소의 매력을 알아 갔다. 세상에 관심 갖고 바라보면 어느 하나 예쁘지 않은 것이 없는데 채소라고 예외일까. 다양하고 예쁘고 재미있는 채소. 아직도 만나지 못한 제철 채소가 한가득이다. 서둘러 만나러 가야지.

✦✦✦ 토마토 ✦✦✦

나 홀로 밤에 끓이는 채소 수프

혼자인 밤은 기어이 익숙해진다. 외로운 것도 무서운 것도 심심한 것도 째깍거리며 가는 시간처럼 흘러간다. 익숙한 혼자의 밤마다 토마토 수프를 한 솥 가득 끓이게 된다. 아무 생각 없이 토마토를 숭덩숭덩 썰어서 법랑 바트에 가지런히 올려 둔다. 그러고는 냉장고를 뒤적거리다가 당근이든 버섯이든 양파든 가지든 애호박이든 눈에 보이는 대로 꺼내 씻는다. 흐르는 물에 슬렁슬렁 씻은 채소들을 또 숭덩숭덩 썰어서 법랑 바트를 하나 더 꺼내 가지런히 올려 둔다. 가장 좋아하는 냄비에 물을 두 컵 붓는다. 토마토, 당근, 버섯, 양파, 가지, 호박을 차례로 넣는다.

뚜껑을 닫고 주방 도구를 정리하고 행주를 빨아서 꼭 짜둘 때쯤 물이 끓는다. 뚜껑을 열어 말린 허브를 넣는다. 허브도 마음대로 넣으면 되는데 이때 후추와 오레가노, 딜은 조심해야 한다. 많이 넣으면 씁쓸하고 싸하고 화한 맛이 난다.

말린 바질, 로즈메리, 파슬리는 마음껏 넣고 후추, 오레가노, 딜은 병을 톡톡 두드려 조금만 넣는다. 보글보글보글 수프가 계속 끓으면서 물이 줄고 토마토 껍질이 야들야들하게 벗겨지면 물을 한 컵 다시 붓는다. 그대로 두고 책을 보거나 휴대폰을 보거나 집을 치우거나 아무튼 다른 일을 한다.

채소 수프의 기운이 온 집 안을 휘감는다. 그저 채수 냄새라고 하기에는 깊고 진하고 풍부하다. 집 안 가득 토마토 베이스의 각종 야채들 향을 맡으면 마음이 편안해진다. 나 홀로 있는 이 공간을 무언가로 채웠다는 안도감 같기도 하다. 이렇게 끓여 두면 며칠은 두고두고 먹을 수 있다는 든든함이기도 하다. 차게 먹어도 데워 먹어도 몇 번을 반복해서 데워도 한결같이 맛있는 이 무적의 수프를 충전했다는 뿌듯함일 수도 있다.

따뜻한 국물에는 음식 이상의 기운이 담겨 있다. 날이 선선해지는 가을이나 슬슬 따뜻해지려고 하는 봄에 따뜻한 국물을 마시면 불쑥 위로받는 기분이 든다. 예상되는 혹독한 추위보다 예상치 못한 서늘한 바람에 더 서운해질 때가 있다. 그럴 때는 집에 돌아와 채소 수프를 끓여야 한다. 음식으로 위로를 받는다는 건 마음의 영역만은 아니다. 몸은 우리가 무엇을 먹느냐에 따라 다르게 반응한다. 채소나 과일과 같은 '진짜 음식'을 먹는지, 가공되고 정제되어 화학 물질에 가까운 '가짜 음식'을 먹는지에 따라 기초대사량이 달라진다. 가공된 음식일수록 몸 안에서 소화하고 에너지로 변화하는 데 힘이 적게 든다. 같은 양, 같은 칼로리라도 채소를 먹는다면 기초대사량이 높아진다. 우리 몸이 진짜 음식과 가짜 음식을 구분하는 것이다. 누군가를 떠올리며 마음을 담아 요리할 때 가공식품이나 인스턴트를 준비하는 경우는 드물다. 대개는 메뉴를 고심하고, 장을 봐서 신선한 재료를 준비하고, 건강하게 요리하려고 한다. 그렇게 만든 음식은 우리 마음뿐 아니라 몸이 알아차린다.

스스로를 위해 채소 수프를 끓이는 일은 그래서 중요하다. 지칠수록 외로울수록 힘들수록 우리는 나 홀로 밤에 채소 수프를 끓여야 한다. 한 그릇 든든하게 먹고 나면 자연스레 힘이 생긴다. 조금 더 해 봐야지 하는 용기가 생긴다. 혼자일 때보다 함께일 때 누구나 더 용감해지고, 신이 나고, 상대를 위해서라도 뭔가를 더 하게 된다. 그렇지만 언제나 함께일 수는 없다. 혼자가 돼야 하는 날도 있고, 혼자가 되고 싶은 날도 있다.

친구들보다 일찍 결혼했지만 남편이 해외에서 일하게 되면서 혼자의 시간을 갖게 되었다. 30년 동안 누군가와 함께 살다가 갑자기 혼자 살게 된 것이다. 지낼 집도 있고, 남편이 남기고 간 차도 있고, 회사를 다니며 돈도 벌고, 친구들도 가까이에 살고 있으니 그야말로 싱글 라이프를 마음껏 즐기기에 최적의 조건이었다. 회사 선배들도 하나같이 복 받았다며 부러워했다. 나도 정말이지 이 시기가 다시 올 수 없는 소중한 기회란 것을 알고 있었는데도 이상하게 울적해졌다. 겉보기에만 훌쩍 커 버렸지 막상 혼자 해 본 것이 아무것도 없었다. 혼자 무엇을 어떻게 하고 싶은지 뚜렷하게 알지 못하는 상태에서 혼자가 된 것이다. 그날부터 '혼자 일기'를 쓰기 시작했다. 혼자 처음으로 해낸 일들을 적어 나갔다. 아무리 사소한 것이라도 빠짐없이 적었다.

혼자 보리차를 끓여 마신 날
혼자 운전을 해서 아파트 단지를 벗어난 날
혼자 하수구를 뚫은 날
혼자 자동차 정비소에 간 날

혼자 아파트 전세 재계약을 한 날

혼자 부산에 있는 시댁에 다녀온 날

혼자인 날들이 하루하루 쌓여 가고, 나는 조금씩 천천히 스스로를 믿을 수 있게 되었다. 혼자서 해 보지 않았던 일이 이렇게 많은 줄 몰랐고, 이 많은 일을 혼자 아무렇지 않게 해낼 수 있다는 것이 뿌듯했다. 이제서야 비로소 어른이 되어 가는 것만 같았다. 그렇지만 가끔 어떤 날들은 버겁기도 했는데, 그런 날에는 집에 돌아와 냄비 가득 수프를 끓였다. 수프가 보글보글 끓어오르는 소리를 들으며 잠시 아무 생각 없이 수프를 바라볼 때가 있다. 수프는 공기 방울을 보글보글 뿜어내며 끓고 있고, 나는 이 수프를 바라보고 있고, 지금 이 수프를 바라보는 나에게는 아무 일도 일어나지 않는다. 그저 멍하니 이 평화를 즐긴다. 어쩌면 이런 것도 명상의 일종일지도 모르겠다.

눈으로는 채소 수프를 보고 있지만 실은 내 안을 가만히 바라보고 있었던 것이다. 오늘 나의 하루는 어땠는지 가만히 돌아보며 괜찮아 별일 아니야, 지나 보면 기억도 희미해질걸, 생각 없이 말하는 사람의 이야기를 담아 둬서 뭐해, 그 정도면 잘했어, 그래도 오늘 실망했겠다, 서운했구나, 민망했을 수 있겠다, 스스로에게 얘기해 본다. 채소를 빌려 나를 위로한다. 또 다음 날 하루만큼은 버틸 힘이 생긴다.

〈토마토 수프 레시피〉

✧✧✧✧✧✧✧✧✧✧✧✧✧✧✧✧✧✧✧✧✧✧✧✧✧✧✧✧✧✧

베이스가 되는 토마토는 완숙 토마토도 괜찮고 방울토마토도 괜찮다. 다른 재료는 냉장고에 있는 어떤 채소라도 상관없다. 장 보러 가기 귀찮을 때, 토마토만 있으면 되는 마법 같은 메뉴! 냄비 한가득 끓여 놓고 두고두고 먹을 수 있다.

재료: 완숙 토마토 3개, 양파 1/4개, 버섯 반 팩, 애호박 1/4개, 물 500ml, 말린 허브 약간, 후추 약간

1. 토마토는 8등분 해 두고, 다른 재료들은 1cm 큐브 형태로 썰어 둔다.
2. 냄비에 채소와 물을 넣고 뚜껑을 닫아 중불로 끓인다.
3. 끓어오르면 뚜껑을 열고 약불로 40분 끓인다.
4. 국물이 반쯤 졸아들면 말린 허브와 후추를 뿌린다.
5. 그릇에 담은 후 먹기 직전에 올리브 오일을 살짝 뿌린다.

나 홀로 밤에 끓이는 채소 수프

진짜 채소의 맛을 만나다

작년 봄, 농부시장 마르쉐에 갔다. 꽤 오랫동안 인스타그램으로만 마르쉐 소식을 가끔씩 보고 있었다. 농부님이 직접 기른 채소를 먹을 수 있다니 재밌고 신기할 것 같았다. 게다가 먹을 만큼 조금씩 살 수도 있고, 이전에 보지 못했던 신기하고 예쁜 채소도 많다. 사진 구경만으로도 정신없이 시간이 흘렀다.

그 당시에는 마르쉐가 혜화와 성수에서만 열렸다. 가까운 동네는 아니어서 장을 보고 돌아오는 길을 생각하니 막막했는데, 그래도 더 이상 미룰 수 없다는 기분이 들었다. 바다 보러 더 멀리도 가는데, 늘 궁금해하던 농부시장을 멀다고 안 갈 수는 없지! 마르쉐는 일회용품 포장 없이 장을 보는 시장이기도 하다. 지금은 많은 시민 활동가의 노력으로 일회용품 없는 마켓이 하나둘 생겨나고 있지만 그때만 해도 찾아보기 어려웠다. 나보다 훨씬 더 멀리 사는 사람들도 마르쉐에 오기 위해 먼 걸음을 마다하지 않는다. 질 수 없지. 장바구니에 삼베 주머니, 밀폐용기를 바리바리 싸 들고 혜화로 나섰다.

마르쉐에 처음 갔을 때 채소의 원래 맛과 모습이 지금까지 경험한 것과 다르다는 걸 알았다. 깐 마늘, 다진 마늘만 먹다 보니 마늘이 기다란 대 아래에 주렁주렁 달려 있는 모습도 처음 봤고 당근에 이파리가 달려 있는 것도 처음 봤다. 주황색 당근에 초록색 잎사귀가 달린 모습은 애니메이션으로만 봤지 실제로 볼 일이 없었다.

"당근에 이렇게 잎이 달려 있는 건 처음 봤어요."
"그렇죠? 요즘 분들은 잘 모를 거예요."
"그럼 요리할 때 저 줄기랑 잎은 떼어 내고 손질하면 되죠?"
"음? 아니에요, 저 잎으로 요리도 해 먹는걸요. 김치도 담가 먹고, 부침개처럼 전도 해 먹을 수 있어요. 생각보다 맛있을걸요?"

채소의 과거에 대해 그동안 생각해 본 적이 없었다. 분명 그 채소들은 누군가에 의해 씨 뿌려져 싹을 틔우고, 열심히 자라 꽃을 피우고 열매를 맺어 왔을 것이다. 그러다 어느 순간 먹기 좋은 타이밍에 수확되고, 요리하기 쉬운 상태로 다듬어지고, 보관과 운반에 용이하게 포장되어 마트로 왔을 것이다.

농부가 직접 수확한 작물을 가지고 와서 판매하는 마르쉐 시장은 도시 생활자에게 신선한 체험이다. 채소를 키운 사람이 채소를 팔면 소개하는 방식부터가 다르다. 몇 개에 얼마인지 말하는 것이 아니라 언제 수확했는지, 이번 감자는 맛이 어떻게 들었는지, 어떻게 요리해 먹으면 좋은지 설명한다. 배추를 사면 배추꽃을 같이 담아 주기도 한다. 깨끗한 물에 흔들어 씻은 배추꽃을 한입 베어 물었다. 꽃잎에서 배추의 향과 식감이 느껴졌다. 그 후로 마르쉐와 농부시장에 푹 빠져 버렸다.

시장을 한참 구경하는데 어느 농부님이 부추 한번 먹어보라고 손을 내미셨다. 아무리 무농약 유기농이라고 해도, 이제 막 수확한 부추를 씻지도 익히지도 않고 그냥 먹는다고? 그러나 해맑게 부추를 건네는 표정을 보고 안 먹을 수도 없었다. 뒤늦게 찾아보니 어린 봄부추는 날것 그대로 먹는

게 가장 좋다고 한다. 그 시기가 지나면 억세지기 때문에 봄에만 누릴 수 있는 특권이다.

> "아니, 부추가 원래 이렇게 맛있어요?"
> (흐뭇하게 웃으며) "맛있지요? 어제 밭에서 뽑아 온 거예요. 이 부추는 진짜 그냥 먹어도 맛있지."

그 순간 지금까지 마트 채소만 먹어서 진짜 채소의 맛을 모르고 살았구나 싶었다. 평소에 유기농 마트에서 주로 장을 봤는데, 그곳에서 산 채소나 과일은 유기농, 무농약이긴 하지만 맛있다고 느끼긴 어려웠다. 농약이나 화학 물질 없이 키워서 그런 거라고 생각했다. 유기농이고, 이 정도 신선도면 괜찮다고 생각했었다. 마트 채소는 맛에서 큰 기대를 하기 어렵다 보니 양념에 자꾸 힘을 싣게 되었다. 처음 요리에 막 관심을 갖기 시작했을 때 굴 소스, 우스터 소스, 칠리 소스, 스리라차 소스, 피시 소스 등 각종 유명하다는 소스를 보면 지나치지 못하고 사 모았다. 소스의 유통기한이 길다는 점이 조금 찜찜하기는 했지만 딱히 먹고 아프지 않았고, 확실히 자극적으로 맛있기는 했다.

채소의 본맛을 보고서 양념은 도와주는 역할일 뿐이란 것을 알았다. 신선하고 건강한 채소는 최소한의 양념으로도 충분히 맛있는 요리를 할 수 있다. 소금, 간장, 고추장, 된장, 매실청, 맛술, 식초, 후추, 멸치액젓, 참기름, 들기름. 요즘은 요리할 때 딱 이 정도 양념만 갖추고 있다. 이국적인 맛, 색다른 맛을 내고 싶을 때는 그때그때 계절에 맞는 베이스 소스를 직접 만든다. 주로 과일 콩포트를 만들어 사용한다. 콩포트는 과일을 설탕에 오랜 시간 뭉근하게 조려서 만든다. 잼과 비슷하지만 과육이 완전히 뭉개지기 전까지만 조린다는 점에서 다르다. 수분이 빠져나가 부드러워진 과육과 시럽을 올리브 오일과 섞으면 아주 달달하고 상큼한 샐러드 드레싱이 완성된다. 제철 재료로 콩포트를 조금씩 만들어 두면 냉장고를 열 때마다 새로운 계절을 느낄 수 있다.

지금이 봄인지 여름인지 가을인지 겨울인지, 냉장고 문을 열면 느낄 수 있다는 것은 기분 좋아지는 일이다. 아파트에 사는 사람들이 마당이 있는 전원주택 생활을 꿈꾸는 것처럼 마트에 다니는 사람들이 계절이 느껴지는 식탁을 꿈꾸는 것은 자연스러운 일이다.

마르쉐에서 산 채소를 한 아름 안고 집으로 돌아왔다. 이 말도 안 되게 맛있는 부추로 뭘 만들어 먹으면 좋을까. 가장 먼저 떠오른 건 역시 봄의 어린 부추를 생으로 먹는 것이다. 그냥 우적우적 씹어 먹어도 맛있지만, 요리의 묘미는 '재료들의 조합'이다. 봄부추만큼 신선한 양파와 함께 부추 겉절이를 만들기로 했다. 부추는 양파 길이만큼 자르고 양파는 채 썰어 준비한다. 간장, 매실청, 고춧가루를 조합해 양념장을 만들어 버무리면 끝이다. 아삭한 식감과 푸릇푸릇한 부추의 향이 상쾌하다. 오물오물 꼭꼭 씹어 먹으며 부추의 맛을 생각한다. 부추 본연의 맛, 자연스러운 맛, 계절의 기운을 받은 맛.

부추는 겉절이나 전처럼 주인공으로 존재감을 드러내도 맛있지만 다른 요리에 곁들였을 때도 매력이 있다. 버섯이나 양파 볶음 요리를 할 때 같이 볶아도 좋고, 찌개나 국 요리에 넣어도 좋다. 빵이나 디저트 재료로도 잘 어울린다. 대전의 유명한 빵집 성심당의 대표 메뉴인 부추빵을 떠올려 보면 빵과 부추의 궁합을 의심할 수가 없다. 맛이 잘 든 부추로 어떤 디저트를 만들까 고민하다가 부추 머핀을 만들었다. 버터와 계란 대신 사과 소스를 넣고 부추와 된장, 현미 가루와 비정제당으로 반죽했다. 채소 머핀이나 채소 스콘을 구우면 구수한 풍미가 매력적이다. 과일이 오븐 속에 들어가면 당도가 높아지고 채소는 특유의 향긋함과 구수함이 더해지는데 그 효과를 극대화하기 위해 백된장을 추가한다. 백된장의 부드러운 구수함이 채소와 잘 어울린다.

농부는 매년 달라지는 채소의 맛에 민감하다. 올해는 작년보다 맛이 더 들었어, 수분이 없어, 당도가 좋아, 하며 채소의 상태에 대해 이야기한다. 농부시장에 다니며 요리해 먹다 보면 나도 올해 부추는 작년보다 더 부드럽네, 상큼하네, 달달하네, 이런 말들을 할 수 있게 되겠지. 진짜 채소의 맛을 세심하게 느낄 수 있겠지.

가을당근

⊹⊹⊹ 시금치 ⊹⊹⊹

서로의 안부를 물으며

"겨울 해풍 맞고 자란 남해 시금치, 일반 시금치보다 달아요."

겨울에 장을 보러 가면 제철을 맞은 시금치를 볼 수 있다. 친절한 안내표지에는 시금치가 어디에 좋은지, 어떻게 요리하면 좋은지, 언제 만나 볼 수 있는지 정보도 적혀 있다. 시금치 정도야 사계절 어디서나 쉽게 볼 수 있는 채소지만 제철 채소의 매력이란 그 시기에만 맛볼 수 있는 맛과 식감, 풍부한 영양분, 저렴한 가격이다. 겨울을 이겨 낸 남해 시금치는 얼고 녹기를 반복하며 향과 당도가 진해진다. 데쳐서 다진 마늘과 소금만 넣고 조물조물 무쳐 먹어 보면 시금치가 이렇게 달 수 있다니 하는 생각이 든다. 취향에 따라 소금 대신 간장을 넣어도 좋고, 된장을 넣어도 좋다. 남해 시금치는 11월부터 3월까지 남해에서 수확된다고 하니 즐길 수 있는 기간이 긴 듯하지만 놓치면 봄, 여름, 가을까지 보내고 돌아와야 다시 만날 수 있으니 눈에 보일 때 먹는 것이 좋다.

그 계절의 기운을 오롯이 받은 채소를 먹는다는 건 그 시기의 햇볕과 바람과 에너지를 얻는 것과 같다. 우리나라 인사 중에 외국인이 신기해하는 표현이 "밥 먹었어?"라는 이야기를 들은 적이 있다. 밥을 잘 못 먹고 다니던 시절 밥은 먹고 다니냐는 질문이 잘 지내냐는 인사였나 보다. "안녕하세요?"도 그렇다. 어젯밤도 별일 없이 안녕했냐고 묻는 것은 지금 잘 지내냐고 안부를 묻는 인사가 되었다. 그렇다면 사계절 마트 채소를 먹는 현대인에게 잘 지내냐는 인사를 제철 채소는 먹고 지내는지 묻는 것으로 하면 어떨까. 우리의 인사를 시대에 맞게 바꾸어 보았다.

> 겨울, "올겨울 해풍 맞은 남해 시금치 먹어 보셨어요?"
> 봄, "두릅 철인데, 두릅초회는 드셨어요?"
> 여름, "가지와 애호박이 맛있는 물이 올랐던데, 먹어 보셨어요?"
> 가을, "햇고구마 맛보셨어요?"

밥 먹었냐는 익숙하고 오래된 안부 인사도 어차피 문화

에 따라서는 새롭고 신기한 인사라면 이참에 새로운 인사를 만들어 봐도 좋겠다는 생각이다.

안부 묻기에 대해 문득 의문이 든 적이 있었다. 잘 지내냐는 질문에 우리는 뭐라고 답하고 있을까. 특별히 일이 잘 풀리고 있거나 안 좋은 상황이 아니고서야 대개 비슷하게 답한다. 그럭저럭 뭐… 별달리 할 말이 없다. 잘되고 있다고 하기엔 딱히 잘되는 건 없고, 힘들다고 하기엔 오랜만에 만나는 사람에게 굳이 얘기할 만큼 힘들지는 않으니까. 회사 엘리베이터에서 오랜만에 만난 동료와의 대화는 늘 비슷하다.

"오랜만이에요! 잘 지내시죠?"

(그럴 리가) "하, 뭐 늘 똑같죠. 대리님은 어때요?"

"저도 뭐, 지겹네요. (웃음)"

잘 지낸다고 하면 내가 속한 팀이 업무가 편한 것처럼 보일까 봐 내키지 않고, 못 지낸다고 하면 괜히 힘든 얘기를 꺼내야만 할 것 같아서 귀찮아진다. 그래서 늘 대답은 똑같다. 지겹네요, 늘 똑같죠, 어디 좋은 자리 없나요? 이 대화를 제철 채소 인사로 바꿔 보면 어떨까.

"대리님, 오랜만이에요. 이번 달에 시금치 무침은 해 드셨어요? 올해는 유독 맛이 잘 들었던데."

"그러게요 오랜만이네요. 아니요, 이번 달에는 새로 맡은 프로젝트 때문에 아직 못 먹었어요. 친구들한테 들으니 올해는 남해에 시금치 농사가 잘되어서 가격도 비싸지 않다면서요. 저는 다음 주쯤에 해 먹어 보려고요. 대리님은 해풍 시금치 어디에서 사셨어요?"

뭐, 이런 대화이지 않을까. 물론 나도 안다. 이런 대화는 적어도 회사에서는 실제로 시도해 볼 수 없다는 것을. 그렇지만 상상해 본다. 결국 안부 인사를 묻는 이유는 같다. 계절을 느끼며 지내고 있느냐고, 지금의 채소를 만지고 요리하며 지내고 있느냐고. 그렇지만 저마다 잘 지낸다는 기준이 다르기에 채소 인사는 조용히 넣어 둔다.

나는 나대로 잘 지내고 싶어서 계절을 느끼며 시금치를 고른다. 찬 바닷바람을 온몸으로 받아 낸 시금치를 맛본다. 그대로 먹어야 아쉽지 않은 겨울 시금치지만 오늘은 파스타로 먹어 볼 생각이다. 파스타처럼 밀을 빻고 갈고 정제해서 반죽하고 말린 가공식품은 몸에 좋지 않다고 하지만, 그래도 파스타는 포기할 수 없다. 좋아하는 음식을 모두 배제하고 살면서 고통받기보다는 맛있고 즐겁게 먹고, 더 오래 채소 생활을 하자고 위안 삼는다.

시금치 두유 크림 파스타는 시금치와 양파, 파스타, 두유만 있으면 15분 만에 쉽게 만들 수 있어서 시금치를 사 오면 꼭 한 번씩 해 먹게 된다. 두유 크림은 우유나 생크림으로 만든 크림과는 풍미가 다르지만 자주 먹다 보니 고소한 두유 크림의 맛이 좋아지고 생크림 생각이 잘 나지 않는다. 데친 시금치를 잘게 다져서 두유와 섞고 믹서에 갈아 준다. 파스타는 살짝 덜 익게 삶아 둔다. 양파는 채 썰어 볶고, 갈색이 돌면 두유, 시금치, 파스타를 넣고 따뜻해질 때까지만 끓인다. 여기서 크리미한 제형을 잡아 줘야 한다. 오리지널 레시피에서는 파르미지아노 치즈를 뿌려서 마무리한다. 그 대신 들깻가루를 넣거나 삶은 감자를 으깨어 섞어도 좋다.

파스타에 보리커피를 곁들여 먹으면서 생각해 본다. 사람들은 왜 안부를 물을까. 사실 그렇게 궁금하지도 않으면서 왜 잘 지내냐고 애써 말을 건넬까. 그러는 당신은 어떠냐고 물어보면 진짜 속마음을 얘기해 주지도 않을 거면서. 이런 생각을 하고는 곧 결혼하는 친구에게 이렇게 메시지를 보냈다.

> "결혼 준비는 잘돼 가? 어떻게 지내나 궁금해서 연락했어."
>
> "바쁠 텐데 물어봐 줘서 고마워! 꽤 많이 준비했다고 생각했는데 계속 할 일이 생기네. 너는 요새 어떻게 지내?"

이 친구는 매번 안부를 물어봐 줘서, 궁금해해 줘서 고맙다고 말한다. 그 말이 나도 어딘가 모르게 고마워서, 가끔 안부를 묻는다. 그렇지, 정말 친한 사이에서는 안부를 묻는다는 게 '내가 너를 궁금해하고, 걱정하고 있어'라는 관심의 표현이구나. 그래서 가깝지 않은 사이에도 우리는 안부를 물으며 관심을 표현하려고 하는구나. 누구나 관심받고 싶고, 관심을 표현하는 사람에게 호감이 가니까. 누구나 호감 가는 사람이고 싶으니까.

제철 채소를 먹는 것은 지금의 계절에 안부를 묻는 일이다. 지나가는 계절에게, 그러니까 이 계절을 보내고 있는 나에게 안부를 묻는 것이다. 관심을 가지고 가까이 다가가 너 지금 잘 살고 있느냐고, 일상을 잘 보내고 있느냐고, 흔들리고 지치고 아픈 건 아니냐고. 그렇게 묻고 싶은 마음에 제철 채소를 사러 가고, 애써 손질을 하고, 요리를 해서 먹는다. 이왕이면 요리와 잘 어울리는 그릇에 가지런히 담아서, 나무 쟁반에 그릇을 올려서.

생각난 김에 인사해 본다. 지난 겨울, 다들 시금치는 잘 드셨지요?

✢✢✢ **고춧잎** ✢✢✢

좋아서 하는 일, 좋아서 시작한 일

생협에 갔더니 고춧잎을 팔고 있었다. 고추는 먹어 봤어도 고춧잎은 못 먹어 봤는데 무슨 맛일까 궁금하기도 하고, 무엇보다 저렴했다. 두 손으로 다 잡히지 않을 만큼 수북한 양에 천오백 원. 여기저기 고명처럼 넣어서 일주일 내내 먹어 보자 싶었다. 처음 보는 채소를 만나면, 이건 어떻게 해 먹는 거지? 무슨 맛이 나지? 냄새는 어떻지? 궁금해서 한참을 요리조리 보다가 집으로 데려온다.

익숙한 것보다는 새로운 걸 좋아하는 편이다. 채소 생활을 시작하기 전에는 새로 나오는 브랜드나 제품을 찾아보는 것을 좋아했다. 결국 현란한 마케팅 기술에 넘어가는 일이지만 그 당시에는 트렌드에 발맞추어 간다는 자부심에 소비를 이어 나갔다. 채소 생활을 시작하며 제로 웨이스트, 비거니즘, 미니멀리즘에 자연스럽게 관심을 갖게 되었고, 이제는 물건을 사는 것보다 잘 쓰는 과정에 더 재미를 느끼고 있다. 그런데도 새로운 채소를 만나면 신상 홀릭 증세가 다시 나타난다. 처음 보는 채소가 있으면 꼭 한 번씩 사 보고, 인스타그램에서 옷 대신 채소를 검색하곤 한다. 골든 쥬키니, 골든 비트, 카멜레온 피망, 애플 토마토, 모큠 당근, 만주 가지, 홍감자, 하령 감자 등등. 채소는 알아도 알아도 끝이 없다. 세상에 얼마나 많은 동물과 식물이 있는지 생각해 보면 당연한 일이다.

요즘은 채소 식당이나 농장들도 어쩌나 힙한지 실력 있는 브랜드 마케터가 모두 채소 산업으로 옮겨 온 건가 싶다. 나의 채소 생활 역시 건강한 삶을 위한 가치관을 만들어 나가는 게 아니라 단지 새로운 트렌드에 맞추려는 건 아닐까 헷갈릴 때도 있다. 뭐, 그렇다고 해도 어쩔 수 없다. 그저 유행을 따라가는 것일 뿐이라고 해도 세상에 덜 유해한 방향이니 좋지 않느냐고 위안 삼을 수밖에.

나의 채소 생활은 타고난 도전 정신으로 다양하게 채워지고 있다. 오늘의 타깃은 고춧잎이다. 채소 레이더를 이용해 가판대를 획획 훑다가 뿅 하고 고춧잎에 화살을 쏜 것이다. 새로운 채소를 사 오면 인터넷으로 손질부터 요리법까지 검색하는 연구 시간을 거친다. 고춧잎은 품종이 개량되거나 새로 나온 채소가 아니라 원래 있었으나 잘 먹지 않았던 것뿐이라 관련 정보가 꽤 많다.

생각해 보면 마트나 시장에서 파는 채소는 전체가 아닌 일부가 많다. 당근은 뿌리이고 토마토는 열매인 것처럼. 또 어떤 채소는 전체를 다 먹기도 한다. 연근은 잎, 씨앗, 뿌리까지 모두 요리 재료로 쓰이고 고구마도 뿌리뿐만 아니라 고구마순을 먹고 깻잎도 씨앗과 잎을 모두 먹는다. 고춧잎은 왜 안 먹지? 궁금했을 법도 한데 고추는 고추일 뿐 고춧잎의 존재에 대해서는 한 번도 생각해 본 적이 없었다. 판매하는 고춧잎은 부드러운 어린잎만 따서 모아 놓은 것이었다. 열매나 뿌리, 씨앗만 먹고 잎이나 줄기는 먹지 않는 이유는 잎과 줄기가 억세기 때문이다.

어린 고춧잎 한 덩어리를 물에 흔들어 씻고 하나씩 하나씩 손으로 만지며 2차로 솎아 내는 작업을 한다. 중간중간 섞여 있는 굵고 거친 줄기와 잎을 떼어 내는 목적이다. 싼 가격에 많이 사서 좋다고 생각했는데 막상 줄기와 잎을 하나하나 만져 가며 다듬으려니 시간이 꽤나 걸렸다. 이럴 줄 알았으면 거실에 자리를 펴고 편한 자세로 앉아서 다듬었을 텐데, 금방 할 거라 생각하고 개수대 옆에 서서 다듬다 보니 다리가 아파 온다. 채소를 저렴하게 사서 한 바구니 손질할 때면 늘 늦은 후회를 한다. 살 때는 파스타도 해 먹고 페스토도 만들고 전도 부쳐 먹고 국도 끓여 먹어야지 신나게 상상하며 기분 좋게 장을 보고 돌아와서는 막상 몸을 움직여 일을 하려니까 귀찮고 피곤한 감정이 올라온다. 채소 다듬기만 그런 것이 아니다. 무엇이든 막상 해 보면 기대와 달리 그 일을 통해 얻는 기쁨과 보람만큼 힘든 과정이 있었다. 작년 가을이었다. 월요일 아침 8시. 출근길 버스에서 늘 그렇듯 멍하니 인스타그램을 보고 있었는데 익숙한 아이디로 메시지가 왔다.

> "안녕하세요, 채우장의 OOO입니다. 혹시 이번 주 토요일 채우장에서 쿠키 판매하실 생각 있으신지 문의드려요."

네? 정말요? 저를요? 이야기를 들어 보니 개인 계정으로 내 인스타그램을 쭉 지켜보고 있었고, 이번 마켓에 참여하지 못하는 셀러가 생겨서 대체할 셀러를 찾고 있었다고 한다. 2년 넘게 홈베이킹을 하며 인스타그램에 사진을 올리고 있었다. 최근 1년은 버터와 계란을 사용하지 않는 채식 베이킹에 빠져서 비건 쿠키 레시피를 테스트하고 있던 중이었다. 채우장 운영자는 비건 쿠키 사진들을 보고 연락을 주었다고 했다.

채우장은 연희동의 보틀팩토리라는 카페에서 한 달에 한 번 열리는 '일회용품 없는 장터'다. (지금은 코로나로 인해 비정기적으로 열린다) 채우장에는 커피콩, 채소, 디저트, 소스 등을 판매하는 다양한 셀러가 참여한다. 손님들은 밀폐용기나 주머니를 가져와서 무게 단위로 구매하고 준비한 용기에 담아 간다. 제로 웨이스트에 동참하는 마음으로 가끔 채소와 원두를 사러 간 적이 있었다. 메시지를 보자마자 흥분해서 속으로 소리를 질렀다. 침착하게 한숨을 몰아쉬고 이번 주말 스케줄을 생각했다. 그날은 회사 동기 결혼식과 선배 결혼식이 있는 날인데. 양해를 구하고 채우장에 가자! 이런 기회가 언제 또 올지 모르잖아.

버스 안에서 만들어 갈 쿠키의 종류와 수량을 계산했다. 집에 있는 초보자용 오븐은 한 번에 한 판밖에 구울 수 없다. 마켓 전날 금요일에 연차를 내고 하루 종일 오븐을 돌렸을 때 가능한 수량을 계산했다.

콩비지 쿠키 총 3가지 맛(코코넛/경산 대추 칩/우엉 쇼콜라) 각 20개씩 총 60개

무화과 두부 브라우니 2판, 총 18조각

파인애플 코코넛 스콘 총 20개

적은 양이라는 걸 알았지만 우리 집 오븐과 나의 한계라고 생각했다. 처음부터 욕심부리지 말자고 다독였다. 대망의 마켓 전날, 결전의 가내 수공업 데이가 밝았다. 아침 일찍 일어나 재료를 손질했다. 스콘에 들어갈 파인애플은 작게 조각내어 낮은 온도로 건조해서 준비해 둬야 한다. 100도의 오븐에 한 시간 정도 구우면 꼬들꼬들하게 수분이 날아가서 단맛이 응축된다. 무화과도 작게 조각내어 준비한다. 콩비지 쿠키 재료가 손질하기 가장 까다롭다. 우엉 쇼콜라 쿠키에 들어가는 우엉은 껍질을 칼등으로 벗긴 후에 작게 채 썰고 벌꿀과 럼주에 조린다. 역시 요리는 재료 손질이 반이다.

평소에 만들던 것보다 훨씬 많은 양이었지만 재료 손질은 무리 없이 시간 맞춰 끝냈다. 문제는 오븐이었다. 초보자용 오븐이라 크기도 작고, 무엇보다 화력이 약하다. 반죽을 다 만들어 두고도 오븐이 속도를 맞추지 못해서 기다렸다

굽기를 반복했다. 중간중간 설거지를 해도 시간이 붕 떠서 오븐에 넣은 한 판이 다 구워질 때까지 계속 기다려야 했다. 고작 쿠키와 브라우니, 스콘 100개 정도 만들면서도 이렇게 많은 수고와 시간이 필요하다니. 부엌이 작은 탓에 거실까지 쿠키가 널려 있어서 온 집 안이 쿠키로 가득 찼다. 혼자서 공방과 가게를 운영하는 분들이 존경스러워지기 시작했다.

마켓 당일, 오픈에 맞추어 온 손님들을 다 맞이하지도 못한 채로 쿠키 박스는 동이 났다. 대나무 바구니에 덩그러니 쿠키 한 개와 브라우니 한 개가 남았다. 휑한 모습 앞에 망연자실해졌다. 어떤 쿠키를 가져갈지 고민하고, 레피시를 수정하고, 홍보 글을 작성하는 일은 회사에서 했던 그 어떤 프로젝트보다 재미있었다. 손님에게 쿠키를 설명하고 맛있다는 후기를 듣는 일도 좋았고, 옆에 있던 셀러분들과 함께 이야기를 나누는 일도 즐거웠다. 무엇보다 제로 웨이스트에 관심 있는 건강한 사람들의 건강한 에너지로 가득 찬 공간에 있다는 느낌이 좋았다. 단 한 가지, 쿠키를 만드는 일만 빼고 모든 것이 완벽했다. 쿠키 만드는 게 좋아서 여기까지 온 건데, 이제 와서 쿠키 만드는 일이 가장 힘들다니.

돌이켜 보면 회사 일도 그랬다. 대학생 시절 나는 드라마에 나오는 직장인을 동경했다. 열정적이고 똑똑하고 인간미 넘치는 주인공을 보며 미래를 그려 보았다. 「미생」이 나오기 전, 그 시절의 드라마는 지금보다 현실성이 부족했다. 회사원이 되는 것이 꽤 괜찮은 선택이라고 생각했다. 그 결정에 크게 의심하지 않았다. 그러니까, 회사 생활이 좋아서 하고 있는 것은 아니지만 적어도 좋아 보여서 시작한 일이었다. 일을 시작하고 얼마 되지 않아 내가 틀렸음을 깨달았다. 한 번 퇴사를 했고, 다른 일을 하겠다고 다짐했지만 결국 월급이 그리웠다. 다시 부랴부랴 회사에 들어갔고, 다시 또 견딜 수가 없어졌다. 취미를 시작했다.

홈베이킹을 취미로 하면서 인스타그램에 '#베이킹'이라는 태그를 팔로우 했다. 생각보다 정말 많은 사람들이 회사를 그만두고 베이킹을 두 번째 업으로 삼아 살고 있었다. 동경과 호기심이 뒤섞인 채로 퇴근하고 소파에 앉아서 그들의 일상을 들여다보았다. 마치 유행처럼 그들은 '#좋아서하는일'이라는 태그를 사진에 달아 두었다. 좋아하는 일을 하고 있다는 자부심, 충족감, 행복이 느껴졌다. 한참을 부러워했다. 매일 하루를 마무리하는 일과로 '#좋아서하는일'을 하는 사람들의 일상을 지켜보았다. 정말 좋아하는 마음만으로 이렇게 새벽까지 케이크를 만드는 사람들도 있구나. 대단하다. 내가 퇴근하고 베이킹을 했다고 하면 친구들은 "퇴근하고 뭔가를 한다고? 대단한데?"라고 말한다. 그러나 좋아서 하는 일의 주인공들은 저녁 잠깐이 아니라 늦은 새벽까지도 이렇게 열심이구나. 이 사람들은 정말 후회한 적이 없을까? 힘들지 않을까? 좋아하는 일이 직업이 된 후에도 여전히 좋아하는 마음으로 매일매일 내일이 기다려질까?

늘 그렇듯 인스타그램을 넘기며 하루를 마무리하다가 어느 파티셰가 #좋아서하는일 태그에 대해 올린 글을 봤다. 그는 '좋아서 시작한 일'이라고 표현하는 게 맞다고 했다. 좋아서 시작했지만 모든 일이 다 그렇듯 몸도 마음도 힘든 순간이 분명히 있다고. 그저 좋아하는 마음으로 이어 나갈 수 있는 것은 취미지 일이 아니라고. 이 일을 지속해 나가는 데에는 좋아하는 마음 외에도 책임감, 절실함, 일에 대한 사명감이 있기 때문이라고. 아마도 그는 좋아서 하는 일이라는 표현에서 직업인으로서의 고단함이 느껴지지 않아 억울했는지도 모르겠다. 그럴 만하다. 좋아서 시작한 일을 하는 사람들은 자주 이런 말을 듣는다.

"그래도 넌 네가 좋아하는 일 하고 살잖아."

친구들을 초대해서 요리를 해 줄 때, 집에서 만든 쿠키와 그래놀라를 선물할 때, 나도 바로 그 눈빛을 받는다. 좋아서 하지만 꽤 힘들었는데, 그래도 너를 생각해서 한 건데. 내가 기대한 만큼 상대가 알아주지 않으면 속이 상한다. 그럴 때마다 내가 왜 하게 되었는지, 왜 하고 있는지를 스스로에게 묻는다. 바로 지금, 고춧잎을 다듬으면서 내가 왜 이러고 있나, 뭐 얼마나 건강하게 먹겠다고, 뭐 그리 잘 살아 보겠다고 이러고 있나, 힘들다는 생각이 들 때도 묻는다.

새로운 채소를 구경하는 일이 재밌고, 채소를 더 알아보고 싶고, 건강한 채소로 건강한 한 끼를 먹고 싶은 마음. 그렇다면 대단한 요리를 할 필요는 없잖아. 반쯤 다듬은 고춧잎을 물기만 탈탈 털어 한 줌 집어 들고 올리브 오일에 달군 프라이팬에 볶는다. 깎아 둔 냉장고 속 천도복숭아도 넣어 본다. 열기에 고춧잎도 복숭아도 숨이 죽어 부드러워졌다. 복숭아의 수분이 배어 나올 때쯤 불에서 내려 접시에 담았다. 무슨 맛일까? 오, 오? 고춧잎에서는 정말 고추 향이 나네? 고추의 알싸한 향이 나는 고춧잎은 씹을수록 쌉쌀해지는데,

다행히 같이 볶은 천도복숭아가 달큼해서 꽤 잘 맞는다. 이렇게 또 새로운 채소로 새로운 요리를 해 봤네. 예쁘고 맛있게 요리가 잘되었을 때, 재료를 만지고 관찰할 때, 재료를 내 생각대로 볶고 데치고 무칠 때, 그 과정에 몰입해서 신나게 한다. 그렇지만 양이 많은 채소를 한 번에 다듬을 때, 설거지 더미를 정리할 때의 채소 생활은 솔직히 피곤한 일이다.

그럼에도 채소 생활을 지금까지 즐겁게 하고 있는 이유가 있다. 어떤 부분, 어떤 상황은 싫지만 채소와 함께한다는 감각이 정말 즐겁기 때문에. 채소가 내 일상을 건강하게 만든다는 의미가 있기 때문에. 무엇보다, 채소 없는 일상을 살아볼래? 묻는다면 절대 그럴 수 없기 때문이다. 탁 트인 자연을 보기 위해 피곤해도 산길을 따라 걷는 것처럼 오늘 고생한 나에게 건강한 음식을 선물하고 싶은 마음. 좋아하는 친구에게 맛있는 쿠키를 선물하고 싶은 마음. 그런 마음이 중간중간 끼어드는 부정적인 감정을 다독이며 채소 생활을 이어 가게 해 준다.

고춧잎

좋아서 하는 일, 좋아서 시작한 일

+++ 버섯 +++

시간을 접었다 펴서 만드는 요리

무언가를 해결하며 살기 어려운 시대다. 특히 먹는 일이 그렇다. 삼시 세끼를 다 해 먹는 것이 얼마나 어렵고 비일상적이면 세끼를 만들어 먹는 예능 프로그램이 7년 넘게 시즌을 이어 가며 장수하고 있다. 채소 생활을 시작하고 나서 바깥 음식을 먹기가 꺼려졌다. 내 손으로 간단하고 건강한 요리를 만들 수 있는데 어떤 재료를 쓰는지, 어떤 위생 상태의 주방에서 만들어지는지 알 수 없는 음식을 먹는다는 것이 찜찜해졌다. 회사에 점심 도시락을 싸 가지고 다닐 여력까지는 없지만 적어도 평일 저녁과 주말에는 내 손으로 만든 요리를 먹고 싶어졌다.

주중에는 하루 한 끼, 주말에는 두 끼지만(늦은 아침을 먹고 저녁 식사 전에 과일이나 디저트를 먹는다) 회사를 다니면서 체력과 시간을 아끼려면 시간과 노력을 효율적으로 써야 한다. 건강한 재료를 건강하게 먹는 즐거움이 크긴 하지만 소중한 퇴근 후 시간을 요리에만 바칠 수는 없다. 좋아하는 책도 읽고, 산책도 하고, 요가도 하러 가야 한다. 고민 끝에 시간을 입체적으로 쓰는 방법을 생각해 냈다. 황진이의 시 중에 이런 시가 있다.

동짓달 기나긴 밤을 한 허리를 베어 내어
춘풍 이불 아래 서리서리 넣었다가
어론님 오신 날 밤이어든 구비구비 펴리라

긴긴밤의 시간을 뚝 떼어다가 차곡차곡 접어서 원할 때 그 시간을 휘리릭 펼칠 수 있다면 얼마나 좋을까. 비현실적이라고 생각하겠지만 그 좋은 생각을 현실로 만들 수 있다. 시간적으로도 심리적으로도 한가한 주말과 금요일 저녁에 요리를 해 두고 바쁠 때 휘리릭 재료를 조립하듯 쉽게 만들어 먹는다면 어떨까. 그 마술 같은 비밀은 바로 채소 베이스를 만들어 두는 것이다. 채소 베이스는 채소로 만든 페스토, 피클, 페이스트와 같은 베이스 소스를 말한다. 시간이 날 때 채소 베이스를 만들어 두면 두고두고 여러 요리에 활용할 수 있다. 냉장고에서는 1~2주, 냉동실에서는 1~2개월 정도 보관이 가능하다는 장점도 있다. 무엇보다 채소 베이스 하나만 있으면 아주 쉽게 완성도 높은 요리를 만들 수 있다. 채소 페스토에 삶은 파스타 면을 섞으면 그 자체로 완벽한 요리가 되고, 밥과 섞으면 볶음밥이 된다. 바게트나 치아바타 위에 올리면 모양도 예쁜 브런치 플레이트가 완성된다.

나와 비슷한 생각을 하는 사람이 꽤 있는 모양인지 비건 페스티벌이나 채소 마켓에 가면 언제나 베스트셀러는 채소 베이스다. 한 달에 한 번 열리는 연희동의 제로 웨이스트 마켓 채우장에 가면 채소 페스토와 소스를 파는 '보나페티' 요리팀이 있다. 두 손 무겁게 장을 보는 사람들이 기다랗게 줄지어 서 있는 곳을 따라가 보면 보나페티 팀이 나온다. 메뉴는 부추 와사비 페스토, 후무스, 버섯 아몬드 스프레드, 올리브 스프레드 등이다. 그중 가장 인기 있는 건 부추 와사비 페스토다. 나도 채우장에 가면 꼭 부추 와사비 페스토를 손바닥만 한 용기에 200g 정도 담아 온다. 200g이면 일주일 내내 부추 와사비 파스타, 바게트 샌드위치, 볶음밥을 해 먹을 수 있다. 시간이 나면 부추 와사비 페스토를 넣은 크래커를 만들어 먹기도 한다.

페스토의 엄청난 맛과 편리함에 눈을 뜨고는 페스토, 피클, 스프레드, 소스, 콩포트 레시피가 있는 요리책을 찾아보기 시작했다. 최근에는 채소 저장식 레시피 요리책이 많이 출간되고 있었다. 내가 느끼는 일상의 변화들이 개인적인 것이기도 하지만 시대적이고 사회적인 것이라는 생각이 들었다. 모두 함께 조금씩 각자의 자리에서 일상을 개선해 보고 싶은 마음이 있구나 하는 동지애가 느껴진다.

집에서 종종 만들어 먹는 채소 저장식 베이스는 버섯 피클이다. 피클 재료로 버섯을 쓰는 것이 생소했는데, 막상 먹어 보니 만드는 방식과 성격은 피클이지만 그 자체로 하나의 요리였다. 보통의 피클은 오이나 무 등의 채소를 '식초+설탕+향신료'에 담가 절이는 요리다. 재료에 따라 1~2주 숙성해 먹기도 하고 바로 먹기도 한다. 피클의 장점은 채소의 보관 기간을 늘려 준다는 것이다. 만들어서 바로 먹어야 맛있는 음식의 매력도 있지만, 매 끼니 모든 반찬을 새로이 만들기는 어렵다. 한두 가지 채소 저장식을 만들어 두었다가 꺼내 먹으면 편리하다. 며칠이 지나도 처음 그대로의 맛을 느낄 수 있다는 것이 저장 요리의 가장 큰 장점이다. 어떤 저장 요리는 시간이 지나며 숙성됨에 따라 더 맛이 들기도 한다.

사실 한국인이라면 누구나 매끼 이렇게 식사하고 있긴 하다. 김치는 우리의 가장 익숙하고 오래된 채소 저장식 요리다. 김치만 해도 한 가지 종류만 먹는 게 아니라서 배추김치, 깍두기, 동치미 등 다양한 김치를 먹는다. 김치 외에 각종 장아찌와 절임 요리도 있다. 깻잎 장아찌, 마늘 장아찌, 고추 장아찌, 매실 장아찌 등등. 냉장고가 없던 시절, 사람들은 어떻게 하면 채소를 좀 더 오래 먹을 수 있을까 고민했다. 피클, 페스토, 절임 요리는 그 고민의 결과물이다. 지금은 냉장고뿐만 아니라 냉동고도 있고, 언제든 마트에 가면 계절과 상관없이 채소를 먹을 수 있지만 저장 요리는 다른 의미로 유용하다. 우리가 시간을 차곡차곡 접었다가 폈다가 하면서 입체적으로 쓸 수 있게 해 준다는 점에서 저장 요리는 여전히 우리를 도와준다.

전통적인 절임 요리도 물론 맛있고 좋지만 내 입맛엔 짜고 자극적인 편이라 그보다는 채소의 식감이 살아 있고 담백한 피클을 좋아한다. 그중에서도 버섯 피클을 자주 만들어 먹는다. 버섯 피클을 만들 때는 반나절 말린 버섯을 이용한다. 버섯을 말리면 맛과 영양분이 더 진하게 응축된다. 겨울이 지나고 한낮의 해가 따뜻해지면 버섯을 말려야지, 하는 생각에 마음이 들뜬다. 버섯을 햇살에 반나절 정도 말리면 꼬들꼬들하게 마른다. 시중에 판매되는 말린 표고버섯이나 목이버섯보다는 수분이 많지만 확실히 말리기 전보다는 수분이 줄어든다. 반나절 말린 버섯은 꼬들꼬들한 식감을 즐기는 요리에 적합하다. 볶음 요리에도 말린 버섯을 쓰면 좋다. 생버섯을 쓰면 버섯의 수분이 빠져나와 물기가 흥건해지는데, 말린 버섯은 물기가 빠져나오지 않는다. 반나절 말린 버섯을 가져와서 살짝 눌러 본다. 수분이 줄어들어 탄력이 생겼다. 새송이버섯, 느타리버섯, 양송이버섯을 반나절 말려서 준비하고, 건조 상태로 구매한 건목이버섯은 끓는 물에 부드러워질 때까지 데쳐서 준비한다. 메인 재료인 버섯이 준비되면 피클 소스를 만든다. 식초와 레몬즙, 설탕, 소금을 섞고 다진 마늘, 다진 양파, 다진 쪽파, 올리브 오일, 파프리카 파우더, 후추를 넣어 섞는다. 버섯을 볶고 피클 소스를 섞어 주면 끝!

버섯 피클도 다른 채소 베이스처럼 파스타를 말아 먹어도 맛있고 밥을 볶아 먹어도 맛있다. 냉장고에 차게 넣어 두었다가 그냥 먹어도 맛있다. 퇴근하고 집에 돌아와 바로 먹을 수 있는 건강하고 맛있는 음식이 있다는 건 든든한 일이다. 피곤한 저녁에 집에 와서 티브이 앞에 털썩 주저앉아 먹기에는 피클만 한 것이 없다. 상큼한 맛과 아삭한 식감이 상쾌하다. 채소 베이스를 만들어 두는 것 외에도 재료를 손질해서 얼려 두거나 말려 두면 유용하다. 버섯을 반나절보다 좀 더 길게 말려도 좋다. 이틀 정도 바짝 말린 버섯은 그대로 냉동실에 넣어 두고 필요할 때마다 꺼내 쓰면 된다. 마트에서 파는 말린 표고 다이스는 가격이 꽤 비싼데, 이렇게 말려서 보관해 두면 저렴한 육수용 표고 다이스가 만들어진다. 말린 표고와 다시마를 넣은 국물은 감칠맛이 좋아서 국이나 찌개에 두루 쓰인다.

나물을 말리는 것 외에 데쳐서 얼려 두는 방법도 간편하다. 쑥이 나는 계절에는 데친 쑥을 한 번 먹을 만큼 나누어 얼려 둔다. 쑥 된장국을 만들 때 이 쑥을 국물에 그대로 넣으면 된다. 얼린 쑥은 실온에서 해동해 그대로 두유, 메이플 시럽과 함께 갈아서 쑥 두유 라테로 만들어 먹을 수도 있다. 고소하고 달콤해서 아침에 먹기 딱 좋다. 고사리나 시래기도 데쳐서 얼려 두면 각종 국물을 만들 때 바로바로 쓸 수 있어서 좋다.

더운 여름에는 냉침을 이용해서 음료를 미리 만들어 두기도 한다. 퇴근하고 운동까지 다녀온 후 냉장고를 열었을 때 시원하고 맛있는 음료가 있다는 건 생각보다 큰 행복이다. 두유나 오틀리에 홍차를 냉침해 밀크티로 마시기도 하고, 생수에 홍차나 녹차를 냉침해 두기도 한다. 차를 냉침해 두는 이유는 먹고 싶을 때 바로 먹을 수 있기 때문만은 아니다. 얼음 냄새를 좋아하지 않기 때문이다. 집에서 얼음을 얼리면 아무리 보관을 잘해도 냉동실 냄새가 난다. 그래서 웬만하면 음료에 얼음을 넣지 않는다. 대신 차를 냉침해서 냉장고에 넣어 뒀다 바로 먹으면 굳이 얼음이 없어도 시원하다. 게다가 얼음을 넣어 먹다 보면 점점 맛이 흐릿해지는데, 냉침한 음료는 그럴 일이 없어서 좋다. 무엇보다, 차를 냉침하는 것이 따뜻하게 우리는 것보다 쉽다. 물병에 찻잎을 두 스푼 넣고 찬물을 부은 후 냉장고에 넣으면 끝이다. 그것보다 훨씬 간단하게 티백에 물을 부어서 냉장고에 넣어도 좋다. 저녁에 만들어 두면 아침에 먹을 수 있고, 아침에 만들어 두면 퇴근하고 먹을 수 있다. 녹차나 홍차는 온침보다 냉침을 했을 때 떫은맛의 성분이 덜 우러나서 부드러운 맛이 더 크게 느껴지기도 한다. 한 달에 한 번 진행하는 차 워크숍에서 냉침 홍차를 내어 드렸는데, 다들 눈이 똥그래지며 놀란다.

"지금까지 마셔 본 홍차가 왜 떫기만 하고 맛이 없었는지 알겠어요! 이렇게 마시니까 완전히 다른 차네요."

요리는 정성이라고들 한다. 손이 많이 갈수록 맛이 있다고. 누군가의 손길이 가득 담긴 요리를 맛보는 일은, 그래서일까 위로받는 기분도 든다. 음식을 만들어 대접한다는 것은 차곡차곡 쌓아 둔 마음을 전하는 것과도 같다. 그렇지만 매일 그렇게 마음과 손길을 꾹꾹 눌러 담은 요리를 할 수는 없다. 퇴근하고 최대한 빨리 휘리릭 음식을 만들어 먹어야 하는 날도 있다. 몸도 마음도 지쳐 있을 때 요리를 하는 건 꽤나 무거운 노동이다. 오늘 절대 요리는 안 할 거야, 생각하며 김밥 한 줄을 사다 먹는 날도 있다. 그런 날은 꼭 속이 더부룩하다. 괜히 더 속상해진다.

시간의 힘이 필요하다. 나 대신 시간이 요리를 해 준다. 그동안 나는 돈도 벌고, 더 좋아하는 일에 시간을 보내기도 한다. 그리고 돌아와 시간이 만들어 둔 요리를 먹는다. 간단하게, 그래도 건강하게.

✢✢✢ 연근 ✢✢✢

구멍을 숭숭 뚫어 놓고

요가 학원에 갔다가 안식년을 마치고 돌아온 반가운 선생님을 만났다.

"선생님 저 기억나세요? 수업 몇 번 듣고, 쌤이 안식년 가셨었는데."

"아, 네! 잘 다니고 있었어요?"

"저 1년 넘게 꾸준히 다니고 있어요. 늘진 않았지만."

"그럼 됐지 뭐! 늘어서 뭐하게? 요가 선생님 할 거야?"

맞네! 늘어서 뭐해. 지금도 한 시간 운동하면 충분히 개운하고, 아픈 데도 없고, 운동하면서 스트레스도 잘 풀고 있는걸. 안 되는 동작을 만나면 좀 답답하긴 하지만 안 되면 안 되는 대로 움직이며 운동하고 있으니 됐지 뭐. 선생님들이 고승처럼 툭툭 건네는 한마디 때문에 요가에 더 중독되는 것 같다.

요가 수업이 끝나고 집에 오는 길에 연근을 샀다. 연근은 별다른 이유 없이 정이 가는 채소다. 생긴 모양부터가 마음에 든다. 동그랗게 길쭉한 몸통을 자르면 구멍이 숭숭 뚫려 있는 단면의 모양이 어딘가 모르게 안심된다. 빈틈없이 속까지 꽉 찬 채소를 보면 든든하지만 힘이 잔뜩 들어간 것만 같아서 조심스럽다.

이전에는 연근 하면 연근 조림이 가장 먼저 떠올랐는데, 알고 보니 연근은 그냥 볶아만 먹어도 맛있는 채소였다. 얇게 썰어서 프라이팬에 겉이 노릇해질 때까지 볶고 소금 간만 살짝 하면 되는 연근 볶음은 몰랐던 연근의 맛을 알게 해 주었다. 연근은 쪄 먹어도 맛있어서 밥으로 만들어도 좋다. 작게 썬 연근과 당근, 버섯으로 밥을 하는데, 이때 좀 더 고소한 맛을 위해 다시마, 간장, 들기름을 같이 넣고 밥을 지어도 좋다. 마치 식빵에 야채도 넣고, 견과도 넣고, 초콜릿도 말린 과일도 넣는 것처럼 밥도 그렇다. 부재료를 어떻게 조합하느냐에 따라 밥맛을 다양하게 즐길 수 있다. 특히 이 '맛을 낸 밥'은 바쁜 아침에 밥 한 공기만 데워 먹어도 충분하다. 이미 각종 채소가 밥에 들어가 있으니 반찬도 따로 필요 없다.

내가 연근을 동경하게 된 이유를 고백하자면 내가 가진 정반대의 성격 때문이다. 나는 빈틈을 견디지 못하는 성격이었다. 시간도, 할 일도, 능력도 모두 빽빽하게 채워져 있어야 했고, 스스로의 빈틈을 찾아내서 쉬지 않고 몰아붙여야 마음이 놓였다. 언제나 쓸모 있는 사람이어야 한다는 강박이 있었다. 학생 때는 시험이 끝난 날에도 마음 편히 노는 게 어려웠다. 시험 끝나고 친구들과 영화 보고 떡볶이를 먹고 나면 금세 마음이 불편해져서 집에 와서 신문을 뒤적이거나 책을 보는 척하며 앉아 있었다. 노는 게 마음이 불편해서 딱히 뭘 하지도 않으면서 엉덩이를 붙이고 앉아 있었던 것이다. 그때는 교육열 강한 엄마의 눈치를 보느라 혹사당한다고만 생각하고 엄마를 원망했는데, 지금 생각해 보면 결국 맘 편히 쉬지 못한 건 나였다. 누가 뭐래도 오늘은 쉴 거야 하고 당당하게 놀 수 있었는데 그러지 못했다.

회사 생활을 하면서 이런 성격은 점점 나를 옭아매 왔다. 출근하면 그 날 할 일을 리스트업 하고, 업무를 항목별로 쪼개서 데드라인과 진행 상황을 체크하는 표를 만들었다. 바쁠 때 하지 못한 일을 메모해 두었다가 시간이 나면 하나씩 처리했다. 나는 내가 효율적으로 일한다고 생각했고, 뿌듯했다. 계속해서 더 효과적으로 나의 시간과 노동력을 쓸 수 있는 방법을 연구했다. 같이 일하는 선배들의 평가와 피드백이 나쁘지 않았고, 내 방식이 맞다고 믿고 있었다. 내가 틀렸다는 걸 알게 되기까지는 얼마 걸리지 않았다.

문제의 그 날이었다. 자다가 가위에 눌린 듯한 고통에 잠이 깼다. 정신은 있는데 오른쪽 몸이 움직여지지 않았다. 버둥거리다가 알았다. '이건 가위가 아니야.' 왼쪽 팔과 다리는 멀쩡했다. 허리 위부터의 오른쪽 몸이 마비된 느낌이었다. 특히 등 뒤는 조금만 움직여도 쩌릿쩌릿한 통증이 느껴졌고, 오른쪽 어깨는 뻣뻣하게 굳어 있었다. 다행히 휴대폰을 늘 침대 왼쪽 협탁에 두고 잔다. 왼팔을 길게 뻗어 휴대폰으로 시계를 봤다. 새벽 4시. 민폐인 걸 알지만 방법이 없었다. 엄마에게 전화를 걸었다. "엄마, 나 몸이 안 움직여. 와 줄 수 있어?" 파주에서 서울까지 아빠와 엄마는 씻지도 못한 채 옷만 챙겨 입고 달려와 주었다.

보통 이럴 땐 바로 응급실에 가거나 아니면 조금 기다렸다가 통증의학과, 정형외과 같은 병원에 가야 하겠지만 우리는 한의원으로 갔다. 부모님이 오랫동안 믿고 다니던 곳이기도 했고, 나는 직감으로 이것이 근육이나 신경의 문제가 아니라 마음의 문제라는 걸 알고 있었기 때문이다. 그즈음 회사에서 매일 야근을 했다. 회사에서 먹는 점심은 거의 소화하지 못했고, 매일 체하다가 가끔 괜찮은 날이 있는 정도였다. 오후 3시부터는 몸 상태가 너무 안 좋아져 두통약과 소화제를 번갈아 먹으며 버텼다. 회사 일이라는 게 누구에게나 힘든 거라고 생각했고, 힘들지만 잘 해내고 있다고 생각했다. 그래서 이렇게까지 몸이 아픈 이유를 알 수가 없었다. 돌아보면 정확히 무엇 때문에 힘든지도 모른 채로 고통을 적립해 가고 있었다. 그럴 즈음 한계가 온 것이다.

"열심히 사는 게 잘 사는 것 같아요?"

늘 차분하고 따뜻하던 한의원 원장님이 단호한 얼굴로 물었다. 진맥을 짚을 필요도 없다는 표정으로. 진료실에서 그 말을 듣고는 엉엉 울어 버렸다.

"저는 어떻게 쉬는지도 모르겠고, 뭐가 잘하는 건지도 모르겠고, 그냥 열심히 하는 것만 배웠거든요. 그렇게 30년을 살아서 어떻게 해야 할지 모르겠어요. 운동도 열심히 하는데 몸은 점점 안 좋아지고, 지금은 뭘 먹어도 체하니까 먹는 것도 두려워요."

"거봐, 운동도 열심히 하잖아. 숨 쉴 구멍을 하나도 안 만들고 사니까 그렇죠."

"저 취미도 있어요. 집에서 빵도 만들고 책도 읽고요."

선생님은 별말 없이 웃었다.

"그것도 열심히 하죠? 일하는 것처럼? 침 맞고 가요. 지금 오른쪽 몸이 굳은 건 위랑 간이 부어서 그런 거거든요. 미안한 얘기지만, 내일은 더 부을 거야. 일주일 정도는 내내 아플 거야. 또 아프면 와요."

정말이었다. 그다음 날은 숨이 쉬어지지 않았다. 한 손으로 세수하고, 옷 갈아입고, 출근까지는 했는데 도저히 숨을 쉴 수가 없어서 다시 한의원에 갔다. 위와 간이 부으면서 몸을 움츠리게 되고 호흡이 짧아져서 그렇다고 했다. 뭐가 됐든 이렇게는 안 되겠다는 생각이 들었다. 일단 살고 봐야겠다는 생각에 다니던 발레 학원을 그만뒀다. 독서도 요리도 베이킹도 일단 멈췄다. 퇴근하고 집에 오면 가만히 누워 있다가 씻고 잠을 자고 또 회사를 갔다. 체력도 의욕도 없는 나날이었다. 누워서 쉬는 시간이 늘어났지만 몸이 나아지지는 않았다. 통증이 언제든 재발할 수 있다는 불안감도 계속 있었다. 한 달에 한 번 정도, 괜찮다가 갑자기 찌르는 듯한 통증이 찾아오기도 했다. 언제 응급실에 갈지 몰라서 미리 병원 가방을 챙겨 거실에 두고 지냈다.

강도가 약한 스트레칭 정도의 운동만 해 보면 어떨까? 누워 있다가 문득 생각했다. 쉰다고 해서 더 나아지지도 않고, 스트레칭 정도라면 무리되지 않을 테니. 파워 요가, 다이어트 요가 같은 체력 소모 많은 요가 말고 가벼운 요가는 없을까. 회사와 집 사이의 거의 모든 요가 학원을 뒤졌다. 인터넷으로 위치와 시간표, 커리큘럼을 비교해 보고 한 곳을 결정했다. 커리큘럼에 '테라피'와 '명상'이란 단어가 있었다.

"지금 몸 상태가 많이 안 좋으니 강도가 약한 테라피 수업부터 들어 보세요. 몸을 강하게 쓰는 운동은 지금 무리예요."

첫 수업으로 소마 요가를 선택했다. 가장 편한 자세로 누워서 몸을 느끼고 자각하는 수업이었다. 한 시간 중 반 이상이 누워서 골반을 위아래로 굴리는 게 전부였다. 수업이 끝나고, 선생님이 어려운 표정으로 말을 꺼냈다.

"혹시 최근에 교통사고 당한 적 있어요? 아니면 심리적으로 아주 크게 충격을 받은 일이나요."

"아니요. 그냥 회사 다니고, 별일은 없었어요. 다들 회사 다니면서 스트레스 받잖아요. 저도 딱 그 정도예요."

"그렇군요. 지금 몸 뒤쪽, 그러니까 등 쪽 근육이 아주 딱딱하게 굳어 있어요. 위에서 시작된 것일 수도 있고, 마음에서 시작된 것일 수도 있고."

눈을 감고 오직 자신에게 집중한 채로 매일 한 시간씩 온전히 나에게 몰입하는 시간들이 쌓여 갔다. 감각에 집중한다는 건 고도의 집중력을 요하는 일이다. 처음에는 온갖 딴 생각이 머릿속에 계속 떠올랐다. 워낙 몸이 뻣뻣한 탓에 자세를 취하는 것만으로도 힘들어서 집중하기가 쉽지 않았다. 요가 매트 위에 누워서 정신을 집중하면 할수록 회사 일, 회사에서 들은 말들이 떠올랐다.

"딴생각이 올라오면 애써 지우려 하지 마세요. 창문 밖에서 사람들 말하는 소리가 들리면 그냥 들으세요. 억지로 안 들으려 하지 말고요. 알아차려 주면 돼요. 밖에서 사람들이 얘기하고 있구나, 아, 배가 고프다. 그때그때 솟아오르듯 떠오르는 생각들을 바라봐 주세요. 다만, 그 생각이 꼬리를 물고 번지게 하지는 마세요. 그냥 바라만 보세요."

"잘하려고 하지 마세요. 그냥 내가 이 동작이 안 되는구나, 여기까지는 쉽구나, 이 동작을 하면 팔목이 아프구나. 알아주면 되는 거예요."

요가를 시작하고 1년이 넘도록 계속 자세 잡기가 힘들고, 회사에서 받은 스트레스가 떨쳐지지 않았다. 마음이 요동칠 때마다 선생님의 말이 들려왔다. 깊고 길게 호흡을 했다. 몸과 마음을 천천히 들여다 보았다. 1년이 지나면서부터 조금씩 몸을 느낄 수 있게 되었다. 몸을 움직일 때마다 온몸의 근육과 신경이 어떻게 변화하는지 섬세하게 알 수 있었다. 몸을 쓰는 것뿐 아니라 내면의 상태도 민감하게 느끼게 되었다. 생각과 감정을 그저 가만히 바라보는 연습은 너울 치는 감정 기복을 안정시켜 주었다. 오히려 예민하게 집중해서 생각과 감정을 파고들수록 그것들에서 자유로워졌다. 감정의 실체를 알아야 컨트롤할 수 있기 때문이다. 예컨대 회사에서 습관적으로 상대를 깎아내리는 말을 하는 동료 때문에 화가 났다면 그 감정의 겹을 풀어 헤쳐서 파고드는 것이다.

왜 이렇게 화가 날까? 상대가 나를 무시한다는 느낌 때문일까? 왜 무시당하는 것을 싫어할까? 사회적인 인정 욕구가 높은 사람이라서? 저런 사람한테 인정받는 게 무슨 소용이지? 존중할 가치가 없는 사람에게 존중받지 못하는 게 기분 나쁠 일인가? 심지어 저 사람은 나를 무시할 의도조차 없는 것 아닐까? 마음과 머리에 단단히 박힌 습관대로 말을 할 뿐인 것 아닐까?

이렇게 실타래를 풀듯이 생각의 타래를 풀어 나가다 보면 마음의 응어리가 스르르 풀릴 때도 있다. 스트레스를 안 받게 된 것은 아니다. 스트레스는 이 험난한 세상에서 스스로를 지키기 위해 인간이 진화시킨 고도의 능력이다. 이건 위험해, 이 사람은 멀리해, 위험 신호를 보내야 미리 대처하고 피할 수 있다. 다만 스트레스 상황에서 이전보다 쉽게 빠져나올 수 있게 되었다. 훈련이 되면 점점 더 빠르고 안정적으로 부정적 감정에서 벗어날 수 있다.

적극적으로 내면의 상태에 예민해지면 스스로 감정의 주인이 될 수 있다. 우리가 느끼는 감정의 대부분은 가짜다. 다른 사람의 시선과 평가가, 그리고 그 순간의 분위기와 컨디션이 진짜 감정 겉면에 겹겹이 덮여 있다. 그것들을 들어내야 진짜 감정을 만날 수 있다. 직장인이라면 누구나 사원증처럼 가지고 있는 소화불량과 위염도 나았다. 내 몸이 독을 품고 쌓아서 단단하게 굳기 전에 그 상태를 알 수 있기 때문이다. 더는 팔이 마비될 때까지 몸을 방치하지 않는다.

매일 아침 일어나면 눈을 감고 크게 기지개를 켠다. 몸의 상태를 느껴 본다. 오늘은 어디가 불편하고 얼마큼 피곤한지 알아차린다. 가벼운 스트레칭을 하고 차도 마신다. 창문을 열어 선선한 바람을 맞기도 한다. 여전히 출근하면 일더미에 파묻히고, 간간이 날카로운 말들에 찔리며 지낸다. 그렇지만 그 일들이, 그 말들이 나에게 어느 정도로 유해한지 또 얼마큼 무해한지 생각해 보게 되었다. 회사 일은 해야 하는 것이 테트리스처럼 쌓이는 구조인 데다 출퇴근 시간이 정해져 있기 때문에 나의 상태에 따라 일하는 시간과 방식을 조절할 수 없다. 그래서 주어진 시간과 방식 안에서 스스로를 적당히 풀어 주기도 하고, 남모르게 빈틈을 만들어 숨 쉴 구멍을 내주어야 오래 할 수 있다. 번아웃 증후군에 걸린 사람들이 활활 타오르다가 소진되는 이유는 아마도 스스로에게 숨 쉴 구멍을 만들어 주지 않았기 때문일 것이다.

요즘은 나에게 구멍을 만들어 주려고 노력한다. 더 이상 그 틈이 '빈틈'이 아니란 것을 안다. 꽉 찬 부분이 구멍의 틈을 지탱해 준다고 생각했는데, 아니었다. 오히려 비어 있는 부분이 꽉 찬 부분을 지지해 주고 있다. 연근의 구멍도 그렇다.

보통 뿌리채소로 알고 있지만 연근은 연꽃의 줄기다. 줄기 부분인 연근은 물 밖의 잎 가장자리부터 연뿌리까지를 이어 주는 중간 통로 역할을 한다. 연근은 뿌리와 함께 물 아래 진흙 바닥에 묻혀 있어서 산소가 부족하다. 그래서 구멍을 통해 물 밖의 잎에서 흡수한 산소를 물 밑에 있는 뿌리까지 보낸다. 그 구멍으로 물 밑에 쌓인 가스를 물 밖으로 배출하기도 한다. 연근의 구멍은 연꽃이 자라기 위해 필요한 숨구멍인 셈이다. 살아남기 위해 숨구멍을 만든 것이다.

요가를 하다 보면 안 되는 자세를 하려고 무리하게 애를 쓸 때가 있다. 일상의 숨구멍을 만들고 싶어서 시작한 요가인데 어느새 숨을 단단히 죄고 안간힘을 쓰는 것이다. 그러고 나면 하루 종일 쌓아 둔 긴장과 스트레스에 요가의 숨 막히는 압박까지 더해진다. 들숨에 좋은 기운을 채우고 날숨에 나쁜 기운을 내보내며 꽉꽉 들어찬 것을 정리하려던 시간마저 빈틈없이 채우고 나면 아차 하는 생각이 든다.

숨구멍으로 들이쉬고 내쉬면서, 무게 중심을 조금씩 옮겨 가면서, 중심을 잡아 나가는 사람이 되고 싶다. 빈틈없는 사람, 목표로 가득 찬 사람, 언제나 앞으로 나아가려는 사람, 무엇이든 늘리고 싶어 하는 사람은 가까이하기가 어렵다. 그들은 단단하고 확고하게 내면을 채우고 있지만, 확신에 찬 모습이 날카롭게 느껴지기도 한다.

숨구멍이 있는 사람들은 쉽게 단정 짓지 않고 경쾌하게 움직일 줄 안다. 옆에 있으면 그 구멍에 오히려 기대고 싶어진다. 내가 조금 비틀대도 괜찮다고 해 줄 것만 같다. 그가 흔들리면 내가 잡아 주면 된다. 각자의 구멍으로 서로를 들이쉬고 내쉬면서 지낼 수 있을 것 같다.

Part 2

일상에 단맛을 내는 방법

✧✧✧ 단호박 ✧✧✧

버터의 자리를 대신하여

일을 쉬는 동안 취미로 홈베이킹을 시작했다는 친구에게 물었다.

"집에서 베이킹 잘 하고 있어?"
"아니… 오븐에서 바로 나온 쿠키 먹는 건 좋은데, 재료 준비하고 버터 온도 맞추고 계란 휘핑에 설거지까지. 으! 힘들어서 잘 안 하게 되더라."

그렇다. 베이킹은 과자나 빵을 좋아하는 사람이 아니라 만드는 노동을 감내할 수 있는 사람에게 어울리는 취미다. 맛있는 쿠키를 내 스타일대로 만들어 먹어 봐야지, 하는 마음으로 가볍게 시작했다가는 후회하기 쉽다. 처음 베이킹을 시작했을 때, 초보도 충분히 만들 수 있다는 문구만 보고 일산의 유명한 베이킹 클래스에 간 적이 있다. 수강생 네 명 중에 초보는 나 혼자였다. 직접 만든 디저트를 판매하는 카페 사장님 두 명, 딱 봐도 베이킹 고수인 수강생 한 명, 그리고 나. 수업에서는 선생님의 도움으로 어찌어찌 케이크를 만들었지만 집에 돌아가 혼자 만들 자신이 없었다.

그다음 주말 아침, 단단히 마음을 먹고 클래스에서 배운 케이크를 복습했다. 재료 계량, 계란 휘핑, 케이크 시트 반죽, 오븐에서 굽기, 생크림 세 종류 휘핑, 크림 아이싱, 설거지까지 모든 과정을 끝내고 나니 여섯 시간이 흘러 있었다. 내내 서 있었던 탓에 종아리도 아프고, 팔을 세차게 휘저으며 크림을 만들어서인지 손목부터 팔, 어깨까지 다 아팠다. 배운 그대로 꼼꼼하게 따라 했더니 다행히 맛은 있었다. 모양도 그럴싸했다. 그러나 다시 만들게 될 것 같지는 않았다. 만드는 과정도 힘들었지만 어마어마한 양의 설거지를 하면서 '아, 못하겠다'는 생각이 들었다.

케이크 만들기에 겁을 먹고 나서는 비교적 쉽다는 버터 스콘을 만들었다. 버터를 조각조각 자르며 밀가루와 반죽하는 모습이 영상으로는 간단해 보였는데, 막상 해 보니 설명처럼 뚝딱뚝딱 만들 수 있는 게 아니었다. 계란을 휘핑해서 만드는 카스텔라도, 반죽을 밀어 펴는 타르트도 딱 한 번씩 만들어 보고는 말았다. 내 손으로 만든다는 건 즐거웠지만 그만큼 힘들기도 해서 계속할지 말지 고민이 됐다. 일 년 가까이 하고 있는 취미를 이렇게 포기하기는 아쉽고, 그동안 사 놓은 베이킹 도구가 아깝기도 해서 그만두는 대신 간단한 레시피를 찾아보기로 했다. '볼 하나로 끝내는 베이킹', '오직 5가지 재료로 만드는 쿠키' 이런 문구가 적힌 레시피 북을 사 보았다. 그러다 비건 베이킹을 알게 되었다.

비건 베이킹은 동물성 재료를 쓰지 않고 오로지 식물성 재료만 사용한다. 버터 대신 포도씨유, 유채유 같은 식물성 오일을 사용하고, 계란 대신 두유나 두부, 아마씨 가루, 바나나, 사과를 넣는다. 버터를 크림화하거나 계란을 휘핑할 일이 없기 때문에 만드는 과정이 간단하고 설거지도 적게 나온다는 설명에 비건 베이킹을 시도해 봐야겠다는 생각이 들었다. 그때만 해도 비건 베이킹이라는 개념이 생소했던 터라 제대로 배우고 싶은 마음에 클래스를 신청했다. 식물성 오일로 만든 스콘과 쿠키, 캐슈너트 크림, 사과 소스 머핀, 두부 케이크까지 비건 베이킹은 '재료의 실험' 같았다. 버터의 풍미, 계란의 폭신한 질감을 대신하기 위해 다양한 식물성 재료를 쓰는데, 여기서 호불호가 갈리기도 한다. 유지방의 풍부한 맛 대신 담백하고 고소한 맛이 나고, 드라마틱하게 부풀어 오르는 계란이 빠지니 묵직하고 단단한 식감에 가깝다.

비건 베이킹은 소위 할매 입맛이라고 불리는 취향을 가진 사람들에게 잘 맞는다. 흑임자, 인절미, 팥, 녹차와 같이 과하게 달지 않은 맛을 좋아한다면 비건 베이커리에 가 볼 것을 추천한다. 인생빵을 찾게 될 수도 있다. 나 또한 타고난 할매 입맛의 소유자다. 어릴 때 엄마가 콩밥을 해 주는 날에는 콩을 모조리 골라내는 언니 옆에 붙어서 언니가 남긴 콩을 모아 먹었다. 콩이 얼마나 맛있는데 이걸 안 먹다니. 안타까웠지만 맛있는 콩을 언니 몫까지 더 먹을 수 있어서 좋았다. 씁쓸한 맛의 도라지나 더덕을 단맛이 쪽 빠질 때까지 질겅질겅 씹어 먹는 것을 좋아하기도 했다. 진하게 끓인 대추차도 좋아하고 당근, 오이, 가지처럼 어린이가 대개 싫어한다는 채소들도 가리지 않고 먹었다. 고소하고 슴슴한 맛을 좋아하다 보니 내가 추천하는 디저트 가게는 대체로 호불호가 갈린다. 좋아하는 이들은 열광하지만, 디저트는 달고 부드러운 맛에 먹는 것 아니냐는 반응도 있다.

나는 나대로 놀라웠다. 세상에는 다양한 종류의 디저트

가 있지만 결국 밀가루, 설탕, 버터, 계란, 생크림의 조합이었다. 거기에 녹차 가루, 얼그레이 티백, 초콜릿 같은 부재료를 넣어서 맛을 달리하고 배합에 따라 질감의 차이를 주기도 하지만 어쨌든 유지방과 계란이 핵심이다. 디저트는 점점 더 달고 화려해졌고, 간식이라기보다는 예술 작품에 가까워졌다. 퇴근하고 먹을 건강한 간식을 간단히 만들고 싶은 것이었는데, 책 속의 예쁜 케이크와 과자는 만들기도 어렵고 몸에 좋지 않아 보였다. 그 무거운 마음이 비건 베이킹을 하면서 조금씩 해소되었다. 식물성 재료로 만든 메뉴들이 내 입맛에 맞아서 다행이라는 생각이 들었다.

비건 베이킹 중에서도 오일을 덜 쓰고 채소를 활용하는 메뉴를 자주 만들어 먹었다. 자연의 재료는 본연의 단맛을 가지고 있다. 단호박, 사과, 콩, 팥, 밤, 고구마, 곶감 같은 음식을 떠올려 보자. 이것들은 오래전부터 그 자체로 이미 디저트였다. 채소가 주인공인 자연스러운 맛의 과자를 만드는 일에는 정해진 규칙이 없다. 그리고 무엇보다 단순하다. 요리의 핵심은 '조합의 기술'이라고 생각한다. 좋은 재료를 골라서 적절한 순서와 조합으로 새로운 것을 만들어 내는 놀이는 기술을 넘어선 예술의 영역이다.

오늘은 단호박으로 초콜릿 브라우니를 만들어 보기로 했다. 단호박은 단맛을 가진 재료이기도 하고, 조직감이 있어서 오일이나 우유, 계란 없이도 반죽이 덩어리로 뭉쳐진다. 냄비에 물과 단호박을 넣고 삶으면 수분이 많아지는데, 이 상태의 단호박으로 브라우니를 만들면 촉촉하고 부드럽다. 반대로 삶지 않고 찜기에 찐 단호박을 사용하면 수분이 적고 꾸덕꾸덕한 식감이 된다. 재료를 취향대로 조절해서 내가 원하는 결과물을 만들 수 있다.

지금은 잠시 활동을 중단한 곡물 잼 브랜드 '지새우고'의 곡물 쿠키 수업을 들은 적이 있다. "베이킹은 결국 재료들을 한 덩어리로 만드는 거예요." 수업을 맡았던 사장님이 말했다. 베이킹 초보 시절이었던 그때의 나는 속으로 생각했다. '베이킹이 얼마나 섬세하고 폭넓은 과학인데! 재료들의 성질이 얼마나 다양한데! 섞는 방식이나 순서, 시간에 따라 결과물이 얼마나 달라지는데! 어째서 한 덩어리로 섞는 게 다라고 하는 거지?' 그러나 뭘 모르는 것은 나였다. 정제된 재료를 복잡하게 가공한 결과물이 섬세하고 과학적인 것은 맞다. 하지만 정제되고 가공할수록 처음의 모습과 단절되며, 음식과 나의 사이는 멀어진다. 그 틈으로 의도치 않았던 것이 들어온다. 건강하지 않은 식재료, 사진을 찍기 위해 필요한 장식과 그릇, 인테리어, (좀 더 가 보자면) 높아지는 임대료까지. 무엇이든 오래가고 건강한 것들의 본질은 단순하다. 단순한 재료를 단순하게 섞고 단순하게 구워 내는 것. 그것으로 충분히 맛있는 과자와 케이크를 만들고 싶다.

그리고 다시 생각하게 되었다. 일반 베이킹에서 사용하는 재료를 꼭 다른 것으로 대체해야 할까? 버터와 우유, 생크림, 계란으로 만든 과자와 빵을 기준으로 삼고 그것과 동일한 식감과 맛을 내기 위해 대체 재료를 찾는 접근 방식을 바꿔 보고 싶어졌다. 맨 처음 계란 거품에 밀가루와 버터를 섞어 케이크를 만들었던 주방의 발명가가 되어 보기로 했다. 내가 가진 건강한 채소들을 이리저리 조합해서 나만의 케이크와 과자를 만들어 보자. 우선 지금 가지고 있는 단호박에서부터 시작하자. 단호박과 잘 어울리는 재료로 뭐가 있을까. 단호박죽 위에 고명처럼 올리는 팥이 생각났다. 그래, 팥이 좋겠다.

조각낸 단호박을 찜기에 쪄서 모양을 유지한 채 익혔다. 부드럽게 삶은 팥에 설탕과 두유를 넣고 죽처럼 으깨어 끓인

후 단호박 위에 부었다. 디저트라는 것이 별다른 기술을 쓰지 않아도 이렇게 맛있을 수 있다는 걸 몸으로, 입으로, 감각으로 온전하게 느낀 순간이었다. 힘들게 애쓰고 고생해서 얻은 것을 더 가치 있다고 생각할 때가 많은데, 꼭 그런 것만은 아니다. 채소 베이킹은 이렇게 규칙 없이 생각나는 대로 만드는 재미가 있다. 그때그때 눈에 보이는 재료, 쉽게 구할 수 있는 채소로 만들어 보고 실패하기도, 그러다 간혹 눈이 번쩍 뜨이게 맛있는 과자를 만들어 내기도 한다.

온전히 스스로 의미 있는 존재이고 싶다. 채소도 그렇고 나도 그렇다. 온전히 나답게, 온전히 단호박답게, 온전히 채소답게. 그러기 위해서 채소의 매력을 샅샅이 파헤쳐 보고 있다. 채소에게 묻는다. 너는 어떨 때 가장 매력적이니? 너의 매력을 내가 하나씩 알아 갈게.

⊹⊹⊹ 완두 ⊹⊹⊹

진하게 진지하게

봄의 한가운데, 완두가 나온다. 완두콩도 강낭콩이나 흰콩처럼 어쨌든 콩이지만 다른 콩들보다 더 다양하게 쓰인다. 단맛이 진해 여기저기서 맛의 특징을 잡는 주인공으로 활약한다. 완두로 밥을 해 먹기도 하고, 삶은 완두를 으깨어 소스로 쓰기도 하고, 빵이나 케이크에 넣기도 한다. 그중 내가 완두를 즐기는 방식으로 가장 좋아하는 것은 완두 잼을 만드는 것이다. 잼은 역시 과일 잼이 제일이라고 생각할지 모르지만 흑임자 잼, 완두 잼, 땅콩 잼, 밤 잼처럼 곡물이나 견과로 만든 잼의 단맛은 더 진하고 깊다. 완두가 나오는 계절에는 마음이 바쁘다. 눈에 보일 때 사서 잼을 만들어 두어야 하는데, 자칫 바쁘다고 미루다 보면 금세 완두의 철이 지나가 버린다.

선선한 바람이 부는 저녁, 완두 잼을 만들기로 했다. 냄비에 물을 붓고 소금을 조금 넣어 완두콩을 삶는다. 손가락으로 눌렀을 때 부드럽게 으스러질 때까지 푹 삶는다. 삶은 완두에 두유를 조금 넣고 믹서로 간다. 잼에 대한 기호가 사람마다 다르겠지만 나는 잼의 재료를 완전하게 갈지 않고 알갱이가 어느 정도 남아 있는 상태에서 마무리한다. 무엇이든 완벽히 갈아 준다는 값비싼 고속 블렌더가 없기도 하지만, 재료의 식감이 남아 있어야 그 재료를 만나는 기분이 들어서다. 갈린 완두를 다시 냄비에 넣고 잼의 형태가 될 때까지 삶는다. 좀 더 꾸덕한 식감을 원한다면 한천가루를 아주 조금 추가해도 좋다. 다만 한천가루를 많이 넣으면 양갱처럼 되기 때문에 조심해야 한다. 양갱 느낌으로 단단하게 굳은 완두 잼도 그 나름의 매력이 있지만, 부드러운 완두 잼을 현미 크래커에 발라 먹는 것을 좋아하기에 주로 극소량의 한천가루로 마무리하는 편이다.

완두의 매력은 수수하게 진한 단맛을 낸다는 거다. 과일 잼의 화려한 맛과는 다른 진득한 맛이다. 그럴듯하게 꾸미는 일은 잘 못해도 언제나 묵묵히 할 일을 하는 스타일 같달까. 이왕이면 묵묵하면서 그럴듯하게 포장도 잘하면 좋겠지만, 둘 중에 하나만 가능한 완두 같은 사람에게는 괜히 마음이 간다. 어릴 때부터 나는 진지한 게 콤플렉스였다. 유쾌하고 재밌는 친구들이 부러웠고, 한때는 그들을 흉내 내기도 했다. 회사 면접에서 면접관의 질문에 이렇게 대답한 적도 있다.

> "어떤 사람이 되고 싶어요?"
>
> "재밌는 사람이요."
>
> "왜요?"
>
> "제가 좀 진지한 편이라서요. 같이 있으면 재미없어 하는 친구들도 있는 것 같고요. 유쾌한 사람이면 좋을 것 같아요."

탈락한 면접이었다. 역시나 진지했고, 심지어 솔직하기까지 했다. 그런데 서른 살부터 조금씩 생각이 바뀌었다. 도무지 나아질 기미가 없는 칙칙한 현실에서 여전히 눈을 반짝이며 지낼 수 있는 건 내가 진지하기 때문이라는 걸 깨닫기 시작했다. 감동적인 책 한 권, 향기 좋은 차 한 잔, 볕이 좋은 날의 요가 수업. 나는 별것 없는 일상에서 쉽게 빛을 찾아내는 사람이었다. 쉽게 빠져들고 몰입하는 성격 탓에 예민하고 진지하다고만 생각했는데, 나의 그런 점이 오히려 좋아졌다.

그전까지는 누군가와 부대끼는 시간이 많았다. 학교에

다닐 때는 친구들에 둘러싸여 있었고, 사회 초년생일 때는 회사 동기, 선후배와 늘 함께였다. 회사 생활이 익숙해지고, 주변 사람들이 여러 차례 바뀌었다. 주 52시간이 도입되고, 회식이 없어졌다. 물리적으로도 정신적으로도 사람들과 거리가 생겼다. 늘 누군가와 함께 일하지만 예전보다 사람에게 영향을 덜 받게 되었다. 이십 대에는 나의 진지함을 '남 생각' 하는 데 썼다. 삼십 대가 되고 비로소 내 생각을 하게 되었다. 나는 어떤 상황에서 기분이 좋은지, 화가 나는지. 어떤 성향의 사람을 좋아하는지. 서른 살 내내 매일매일 치열하게 이런 생각을 했다. 그러고 나니 나에 대해 조금 알게 되었다.

나는 매일 조금씩 변하고 있기 때문에 언제든 나를 완벽하게 아는 건 불가능하다. 그래도 이전보다는 조금 더 알게 되었다. 나를 안다는 생각은 안정감을 준다. 기분이 상할 때, 불쾌한 감정이 들 때, 정확히 왜 그런 기분이 드는 것인지 알게 되면 마음을 다스리기가 좀 더 쉬워진다. 기분이 좋을 때에도 정확히 무엇 때문인지 생각하고 기록해 둔다. 그리고 자주 그 상황에 놓일 수 있도록 만든다. 기분 좋은 일은 좀 더 자주 일어나도록, 기분 나쁜 일은 줄어들도록 노력한다. 그리고 내 힘으로 어쩔 수 없는 상황은 마음을 비우고 흘려 보내는 연습을 한다. 이 과정은 생각보다 힘들지만, 어느 정도 연습하고 나니 일상이 전보다 수월해졌다.

할 만하다는 자신감이 생기고부터였다. 진지하게 머리 싸매고 고민한 덕분에 오늘 하루도 무사히 보냈구나, 하고 생각하게 되었다. 돌아보면 이십 대에 조금 덜 불안해했어도 좋았겠다 싶지만 그렇게 진지하고 치열했기에 지금이라도 스스로를 돌볼 여유가 생긴 걸지도 모르겠다. 그즈음, 진지한 나를 만나러 왔다는 사람이 나타났다.

"다음에 우리도 점심이나 먹자."

옆 팀 후배와 오면가면 인사하다가 누구나 흔하게 건네는 인사말을 했다. 나는 진심 없는 빈말을 싫어한다. 영혼 없이 밥 한번 먹자, 나중에 얼굴 한번 보자, 이런 말은 하지 않는다. 내가 그 친구에게 점심이나 먹자고 한 건 정말 그녀와 점심을 먹고 싶었기 때문이다. 늘 밝고 부드럽고 다정다감하면서도 강단 있는 모습이 좋아 보였다. 다른 팀 후배에게 들이대듯 뜬금없이 밥을 먹자고 할 순 없으니 빈말처럼 진심을 던진 것이다.

"저 고민 있어요. 대리님, 우리 점심 같이 먹어요!"

그냥 "네, 밥 먹어요."가 아니라 고민이 있다고? 그렇다면 더더욱 밥 한번 먹어야지. 후배와 나는 그렇게 기약 없던 약속을 정말로 잡았다.

"대리님이랑 얘기해 보고 싶었어요."

한 시간의 점심시간은 정말이지 짧다. 그래서였는지 자리에 앉자마자 후배가 본론을 훅 꺼냈다.

"저는 열심히 하고 싶은데 사람들은 왜 그렇게 열심히 일하냐고, 이상하다고 해요. 저는 생각도 많고, 고민도 많고, 그렇거든요. 그런데 진지한 얘기를 할 사람이 별로 없어요. 저번에는 집 가는 길에 저희 파트 과장님한테 물어봤어요. 어떻게 버티시냐고. 과장님도 이직하려고 했대요. 그런데 잘 안됐대요. 다른 데 가도 똑같다고, 사람들이 그러더라고요. 열심히 할 필요 없다고요. 대리님은 어떻게 버티세요? 이런 얘기 할 수 있을 것 같아서, 그래서 얘기하고 싶었어요."

우리에게 주어진 짧은 시간 동안 이 친구에게 무슨 말을 해 줘야 할까. 내가 어떤 말을 한다고 해서 도움이 되기는 할까. 좋은 생각이 떠오르지는 않고 그냥 문득 고마웠다. 나를 찾아와 줘서. 같이 이야기를 나누고 싶다는 생각을 해 주어서. 나는 나의 진지함이 사람들과의 분위기를 어색하게 만든다고 생각했다. 그래서 애써 유쾌한 척을 했다. 그러고 나면 금세 지쳐 버렸다. 내가 아닌 모습을 나인 것처럼 보여 주는 일은 꽤 힘이 들었다. 더 이상 그러지 않아도 되겠다는 생각이 들었다. 나의 진지함이 누군가에게는 다가가고 싶은 모습일 수 있구나, 하고.

더구나 요즘은 나 같은 사람이 주목받는 시대다. 진지하고, 하고 싶은 것 많은 사람들이 모여 다양한 커뮤니티를 만든다. 하는 일도, 성격도, 사는 곳도, 관심사도 다양한 사람들이 만나서 쿵작쿵작 뭔가 이루어 내는 것을 보면 재밌다. 나도 그 재미를 느끼고 싶어서 여러 모임과 클래스를 다니기 시작했다. 세상에, 직접 가 보니 나 같은 사람이 이렇게나 많구나 싶어서 신기하고 반가웠다. 진지한 사람들끼리 모여 보니 각자 그 누구보다 유쾌하고 즐거운 사람이라는 걸 알 수 있었다. 잘 맞는 사람들만 만나고 살 수는 없지만, 이렇게 비슷해 보이는 사람들을 모아 놓고 보면 그 안에서도 각자 스타일이 다르다. 서로 다른 상황과 고민을 이야기하고 듣는 것이 즐거웠다.

퇴근 후 저녁, 그리고 주말마다 취향과 가치관이 비슷한 사람들을 만나는 것이 새로운 취미가 되었다. 그곳에서 건강한 자극을 충전하고, 그 에너지로 주 5일의 회사 생활을 버텨 낸다. 시간 에너지는 여전히 회사에 더 많이 할애하지만, 마음 에너지는 퇴근 후의 만남에 쓰게 된 것이다. 무엇이든 애매한 것보다 확실한 게 낫다. 유쾌하지도 진지하지도 못한 채로 우왕좌왕할 바에야 차라리 확실하게 진지해져 보자는 선택이 내 일상에 즐거운 변화를 가져다주었다.

✢✢✢ 무화과 ✢✢✢

꽃이 피지 않는 열매

없을 무(無), 꽃 화(花), 열매 과(果), 무화과.

꽃이 피고 진 자리에 열매가 자란다. 식물 대부분이 그렇다. 다만 무화과는 그 법칙에서 예외다. 꽃이 피지 않고 열매가 자란다. 식물이 꽃을 피우면 주변을 온통 향기로 메우고 다채로운 색으로 눈길을 끈다. 예전에는 식물 전문점보다 꽃가게가 많았다. 쇼케이스에 온갖 꽃이 진열되어 있고 그 앞에는 작은 화분들이 있는 꽃가게에 들러 꽃다발을 샀다. 요즘은 꽃 대신 화분만 있는 식물 전문점이 하나둘씩 늘어 간다.

자주 들르는 연희동의 식물가게도 그렇다. 넓은 주택을 개조한 2층에 올라가면 저 멀리 '식물가게'라고 쓰인 간판이 보인다. 그곳에 들어설 때마다 비밀의 숲에 들어가는 기분이다. 어릴 적 만화를 보면 그런 장면이 나왔다. 두 손으로 조심스럽게 수풀을 헤치고 들어가면 전혀 예상치 못했던 신비로운 공간이 나오는 장면. 그저 한 발짝 들여놓았을 뿐인데 완전히 다른 세상에 온 것만 같은 기분. 이 식물가게가 꼭 그런 곳이다. 가게 중앙에는 손바닥만 한 작은 크기의 화분이 늘여져 있고, 벽면을 빙 둘러 식물 화분이 빼곡하다. 가게 안쪽에는 천장 끝까지 키가 큰 대형 화분이 모여 있는데, 그 화분들 덕분에 정글 속에 들어온 듯하다.

여름의 뜨거운 해가 유리창을 통해 내리쬔다. 빼곡한 식물의 잎 사이사이로 빛이 쪼개지고 흩어진다. 그렇게 잘게 부서진 빛이 가게 안으로 쏟아져 들어오는데, 정말이지 넋을 잃게 만드는 풍경이다. 나무의 초록 잎만으로 이렇게 사람을 감동시킬 수 있구나. 꽃이 아니어도 화려하게 반짝일 수 있구나. 그때 눈에 띈 것이 초록색 무화과였다. 아직 엄지손가락만 한 초록의 무화과 열매가 가지에 성실히 달려 있었다. 자라나는 식물들은 저마다의 에너지로 열심인데, 가끔 그 모습을 한참 바라보게 될 때가 있다.

식물은 꽃을 피우기 위해 전력으로 산다고 생각하던 시절이 있었다. 예쁘고 향기로운 꽃을 피워 내 사랑받고 인정받기 위해 사는 거라고 생각했다. 사람도 그렇게 꽃을 피워 내는 시기가 있으며, 그 시기에 누구보다도 예쁘게 피어나려 노력한다고 말이다. 그 시기를 위해 다른 순간들을 견디고, 그 시기가 지나면 인생의 가장 중요한 시절이 끝나는 것 아닐까. 그 시절의 내 생각은 그랬다. 하지만 무화과는 그게 아니라고 말해 주는 것 같았다. 꽃을 피우지 않아도, 화려하지 않아도, 예쁘고 향기롭지 않아도 괜찮다고. 식물가게 입구의 작은 무화과 나무가 당당하게 말을 걸었다.

무화과는 그저 복주머니같이 생긴 심심한 모습과는 달리 요리와 디저트의 재료로서 엄청난 매력을 보여 준다. 어찌나 달고 활기찬 맛이냐면, 무화과가 들어간 요리들은 그 이름에서 '무화과'를 빼먹지 않고 표기한다. 그 존재감이 언제나 주연급이기 때문이다. 내가 좋아하는 무화과 요리는 무화과 두부 무침이다. 무화과 자체가 매우 달기 때문에 단맛을 해치지 않는 재료와 잘 어울린다. 이때 두부는 연두부보다는 단단한 두부가 좋다. 만드는 법은 간단하다. 단단한 두부를 체에 올려서 물기를 뺀다. 물기가 어느 정도 빠지면 두부를 으깬다. 손으로 으깨도 좋고, 포테이토 매셔나 포크로 으깨도 된다. 으깬 두부에 매실청, 깨소금, 두유를 조금씩 넣고 섞는다. 거기에 조각낸 무화과를 버무려 내면 완성. 두부가 있어서 생각보다 든든하고, 치즈나 꿀로 맛을 더한 것이 아니어서 담백하게 달다. 저녁에 운동을 마치고 먹기 좋다.

요리도 요리지만 무화과는 디저트 재료로 쓰일 때 더욱 빛을 발한다. 말린 무화과를 넣은 두부 브라우니, 무화과 블리스 볼, 무화과 파운드케이크 등 무화과를 넣어 마무리하면 디저트가 좀 더 고급스럽게 완성된다. 무화과의 계절이 지나기 전에 무화과 콩포트도 꼭 만들어 둔다. 달큼하게 조린 무화과 콩포트는 어디에 올려도 매력적이다. 스콘을 반으로 갈라 그 사이에 넣어 먹어도 좋고, 통밀 비스킷에 얹어 먹어도 좋다.

지난달부터 독서모임을 하고 있다. 알고 지내는 동네 책방 사장님과 이야기를 나누다가 생각하고 있던 아이디어를 꺼냈는데, 맞장구와 추진력이 남다른 사장님 덕분에 순식간에 모임을 진행해 보기로 결정했다. 신이 나서 집에 오자마자 홍보글을 썼다.

내가 세상을 어떻게 변화시킬 수 있을까?

이 질문에 대한 답을 찾아 나가는, 실천하는 독서모임입니다. 작은 변화로 조금씩 생각을, 행동을, 우리의 일상을 바꿔 나가는 일. 함께 머리를 맞대고 생각을 나누다 보면 우리의 내일은 오늘보다 조금 더 나아질 수 있어요.

함께 읽을 책과 이야기

1회차 콜린 베번, 『당신의 행복이 어떻게 세상을 구하냐고 물으신다면』(1~3장)

2회차 고금숙, 『우린 일회용이 아니니까』

3회차 강하라 · 심채윤, 『요리를 멈추다』

4회차 장혜영, 『어른이 되면』

5회차 콜린 베번, 『당신의 행복이 어떻게 세상을 구하냐고 물으신다면』(4~7장)

6회차 비건 티타임

: 함께 나누었던 이야기를 되짚어 보고, 나를 넘어 우리에 대해 이야기하기—제로 웨이스트, 비건, 약한 존재들에 대하여

***호스트가 비건 디저트와 음료를 준비합니다**

사람이 얼마나 모일까 걱정했던 것과 달리 며칠 만에 여

섯 명이 모였다. 첫 모임에 나가기 전까지 책을 여러 번 반복해서 읽고, 이야기 주제를 정리하고, 머릿속으로 전체적인 흐름을 그려 가며 준비했다. 면접을 보러 가는 날만큼 떨렸다. 나와 함께하러 온 사람들에게 어떤 에너지를 주고 싶은지, 그들과 같이 어떤 에너지를 만들고 싶은지 생각했다.

첫 모임이 끝나고, 우리는 말 그대로 서로에게 완전히 매료되었다. 그날은 마치 영화 같았다. 초여름의 선선한 바람이 불어오는 금요일 저녁, 책방은 스탠드 조명 두 개만으로 은은하게 불을 밝혔다. 적당히 어두웠고 적당히 밝았다. 딱 필요한 만큼의 불빛 아래서 우리는 우리의 생각에, 이야기에, 책 속에 빠져 몰입했다. 각자 다른 공간에서 다르게 살던 사람들이 알고 보니 같은 고민과 생각을 하고 있었다. 그러다 이렇게 우연한 기회로 만나 혼자 하던 고민들을 나누고, 깊게 연결된 느낌이었다. 이런 느낌은 절대 일방적으로 생기지 않는다. 우리는 모두 그 전파를 느꼈고, 한 번의 만남으로 충분했다.

그날 이후로 우리의 관계는 속도감 있게 깊어졌다. 같이 책을 읽으며 도움 될 만한 기사와 자료를 공유하고, 서로 일상에서 어떤 실천을 하고 있는지 경험담과 팁을 나누었다. 매번 어쩜 그리 새롭게 도전하고 열심히 공부하고 오는지 호스트인 내가 다 놀라울 정도였다. 따져 보면 아무도 알아주는 사람 없고, 수익이나 눈에 보이는 결과물을 만들어 낸 것도 아니었다. 그러나 우리는 입을 모아 이렇게 말했다.

> "다시는 되돌아갈 수 없는 강을 건넌 기분이에요. 같이 모여 책을 읽기 전으로, 나는 다시 돌아갈 수 없을 것 같아요."

세 번째 책 『요리를 멈추다』를 읽고 모임에 갔다. 호스트인 만큼 매번 한 시간 정도 일찍 도착해 준비하는 편이다. 책방 문을 열고 들어가니 멤버 한 명이 퇴근하고 일찌감치 와서 책을 읽고 있었다. 나도 그 옆에 나란히 앉아 멤버들이 미리 작성한 독서노트를 읽었다. 금세 또 한 명이 들어왔다. 집에서 씻어 왔다며 블루베리를 꺼낸다. 이번 책이 자연식물식에 대한 내용이라 과일을 가져왔단다. 나도 집에서 만들어 간 비트 케이크를 꺼냈다. 이에 질세라 책방 사장님이 오늘 만들었다며 고구마 파운드케이크를 가져온다.

모임이 시작되고 멤버 한 명이 내일 농부학교에 간다고 얘기했다. 아이들과 같이 농작물을 수확하고, 수확한 농작물로 요리해서 먹는 시골 유학 체험이라고 한다. 퇴근하고 바로 농부학교로 가야 하는 일정이었지만, 독서모임을 빠지기가 아쉬워 무리해서 왔다고 한다. 역시나 오길 잘했다고 내내 기분 좋은 표정으로. 또 한 명은 삼촌이 하시는 복숭아 농사에 대해 이야기했다. 지금껏 먹던 것과는 다르다며 산지의 생생한 제철 과일을 묘사하는데, 우리는 모두 홀딱 반해서 그 자리에서 복숭아를 한 박스씩 주문했다. 모임이 끝나고, 데리러 온 남편이 물었다.

"오늘은 어땠어?"

"행복했어. 내가 생각하는 것을 지지하고 공감해 주는 사람들을 만나서 우리의 세계관이 확장한다는 느낌이 들어. 충만하다는 감정이 이런 걸까."

꽃이 피지 않는 열매, 무화과를 보며 생각한다. 어쩌면 우리, 꽃을 피우지 못해도 괜찮을지 모르겠다. 아니, 애초에 무엇이 꽃인지 열매인지 모르겠다. 월급이 오르고, 승진을 하고, 사업을 해서 돈을 많이 벌면 꽃이 피는 걸까? 이토록

벅차게 차오르는 느낌은 그렇다면 뭘까? 오늘 우리가 나눈 이야기와 감정은 꽃이 될 수 없는 걸까? 열매가 될 수 없는 걸까?

무화과에 대한 진실을 뒤늦게 알았다. 사실은 꽃이 외부로 보이지 않을 뿐 과실 안에서 꽃이 핀다고 한다. 겉으로 볼 때는 그저 둥그런 초록색 열매가 자줏빛으로 변하는 모습이지만, 열매가 익어 가면서 그 안에서는 꽃이 활짝 피고 있었던 것이다.

지나온 시절의 맛

어릴 때 잠깐 목포에 살았던 적이 있다. 서울에서 태어나 7년을 도시 어린이로 살다가 초등학교 입학과 동시에 바닷가로 이사를 간 것이다. 주말마다 우리 가족은 바다로 나갔다. 바위에 붙은 고동을(목포에서는 고둥을 고동이라 한다) 양동이 한가득 잡기도 했고, 생굴을 따서 먹기도 했고, 목포의 명물 세발낙지를 잡으러 간 날도 있었다.

목포의 바다는 썰물 때 해안선 따라 길게 갯벌이 펼쳐진다. 바다 하면 대부분 반짝이는 모래사장에 새하얀 파도가 부서지는 모습을 떠올릴 것이다. 나도 그랬다. 목포의 바다는 반짝이는 모래도 없고 갯벌 때문에 바닷물 색깔도 예쁘지 않아서 실망했는데, 갯벌에는 그보다 재미있는 게 많았다. 온갖 바다 생물이 모여 사는 곳이기에 바구니를 들고 가서 30분만 놀아도 저녁거리를 가져올 수 있었다. 움직이는 꽃게나 갯지렁이는 무서워서 만지지 못하고 주로 바다 채소를 구경하며 놀았던 기억이 난다. 물이 빠진 고운 갯벌 진흙과 바위 위에는 톳이 끝없이 널려 있었다. 오돌토돌 돌기가 달린 까만 톳이 그물처럼 펼쳐져 있으면 마치 그것들이 바닷가를 점령한 듯 보였다. 너무 많아서 무서울 정도인 톳과 톳 사이사이에는 미역이며 파래가 엉겨 붙어 갈색과 초록색 카펫 같았다.

목포는 아빠의 고향이다. 할머니 할아버지를 비롯해 고모네 가족, 작은할아버지, 이모할머니, 삼촌 할아버지가 그곳에 계셨다. 밥상에는 늘 바다 음식이 올라왔다. 반찬으로는 파래, 김, 톳, 매생이 같은 해조류가 많았고, 간식으로 고동을 자주 먹었다. 어른들은 술안주로 홍어회를 먹었다. 덕분에 타코와사비처럼 코끝이 뻥 뚫리는 홍어의 매력을 어린 나이에 알아 버렸다. 그중에서 아직까지도 잊히지 않는 맛이 할머니의 톳 무침이다. 처음 톳을 먹었을 때의 신선한 충격을 기억한다. 오독오독한 식감과 짭조름한 맛이 완벽하게 내 취향이었다. 실처럼 가느다란 파래나 매생이처럼 입 주변에 달라붙지도 않고 적당히 도톰해서 씹는 맛이 있는 데다가 새콤달콤한 양념장까지 더해지니 어떻게 반하지 않을 수 있을까.

목포 생활을 마치고 서울살이를 다시 시작하고 보니 목포에서 흔하게 먹던 음식들이 서울에서는 흔하지 않았다. 바닷가 사람들에게는 널린 것이 해조류라 밥상에 매번 해초 무침이 올라오지만 서울에는 해초가 흔하지 않을뿐더러 해초를 즐겨 먹는 사람이 많지도 않았다. 좋아하는 음식을 자주 못 먹게 되면 머릿속으로 그 음식에 대한 기억을 미화한다. 해초 샐러드, 해초 국수, 곤약, 우뭇가사리, 꼬시래기 무침, 미역국. 여전히 좋아하는 바다 음식들이다. 바닷가의 음식 중 좋아하는 것을 물으면 사람들은 대개 회나 문어, 조개를 꼽는다. 물론 나도 그것들을 그럭저럭 잘 먹는 편이지만, 마지막까지 그릇을 싹싹 긁어 먹게 되는 건 언제나 바다 채소 쪽이다.

누구에게나 영혼을 달래 주는 국물이 하나씩 있다면, 나에게는 그것이 미역국이다. 미역국은 말린 미역만 있으면 언제든 만들 수 있다. 소고기 미역국을 비롯해 참치 미역국, 조개 미역국도 있지만 나는 오로지 미역만 볶아서 끓이는 미역국을 좋아한다. 늦은 저녁 집에 돌아와 냉장고를 열었을 때 배는 고픈데 먹을 건 아무것도 없다면 고민 없이 미역국을 끓인다. 10분이면 금세 불어나는 미역을 다진 마늘과 함께 들기름에 볶는 냄새는 그 어떤 냄새보다 고소하다. 바다 냄새와 들기름 꼬순내의 조화는 완벽하다. 이 익숙한 냄새가 한껏 풍기면 허기로 조급했던 마음이 진정된다. 물을 붓고 센 불에 팔팔 끓이다가 불을 낮추고 국간장 한 스푼, 멸치액젓 반 스푼을 넣는다. 이때부터는 얼마나 참느냐의 문제다. 미역국은 끓이면 끓일수록 맛있어진다. 심지어 미역국은 다음 날 먹으면 더 맛있어지니 매번 냄비 가득 끓이게 된다. 어릴 적 엄마가 미역국을 끓이는 날이면 아빠는 늘 소고기를 넣지 말라고 강조했다.

"에헤이, 미역국에 소고기를 넣으면 안 된다니까."

일하고 돌아온 아빠를 위해 소고기를 넣고 든든히 끓이려는 엄마의 마음도 모르고, 왜 번번이 싫다고 하시는지 알 수 없었다. 게다가 엄마의 소고기 미역국은 정말이지 맛있었다. 엄마는 "그럼 다음엔 조개를 넣을까" 물어보는데, 아빠의 대답이 시원찮다. 반찬 투정인지 취향 투정인지 알 수 없는 아빠의 불평에도 엄마는 소신껏 소고기 미역국을 끓여 주었고, 나는 늘 맛있게 잘 먹었다. 나이가 들면 부모님 입맛을 따라간다더니, 서른 넘어서는 내가 아빠가 하던 말을 하고 있다. 다른 재료의 방해 없이 오롯이 미역이 만들어 내는 바다의 맛. 따끈한 그 국물에서 하루의 피로가 가시는 기분을 느끼게 된 것이다.

여전히 반찬 투정을 하는 아빠에게 그냥 맛있게 드시라고 타박을 놓고 있지만 취향은 점점 닮아 간다. 이래서 나이 들수록 내가 맞다는 말을 못하게 된다. 취향은 계속 변하고 생각은 시시각각 바뀐다. 성공한 독신을 외치던 내가 친구들 중에서 가장 먼저 결혼을 했다. 회사는 잠깐만 다닐 거라고, 내 일을 찾아 떠날 거라고 말하고 다녔는데. 이것저것 배우러 다니기도 했는데. 요즘은 가끔씩 회사 생활이 체질에 너무 잘 맞는 것 같아서 덜컥 겁이 날 정도다.

입맛은 변하기도 하지만 돌아가기도 한다. 아빠와 나는 어쩌면 바닷가에서 보냈던 지난 시절의 입맛으로 돌아간 것일지도 모른다. 아빠는 나보다 30년 일찍 해안선 따라 길게 해초가 뒤범벅이던 그 바닷가에서 한 시절을 보냈다. 나는 어린이에서 학생으로 넘어가던 때 그 바다에서 자랐다. 바다 채소를 만지고 먹고 좋아하며 한 시절을 지나왔다.

그 시절 위로 차곡차곡 음식의 기억이 쌓였다. 그 기억 조각들은 시간이 흘러 없어지는 것이 아니라 저 아래 깊숙이 남아 있다가 한 번씩 툭툭 올라오기도 한다. 그렇다면 지나간 시절이라기보다는 지나온 시절이라고 하는 게 좋겠다. 앞으로도 음식을 먹고, 재료를 느끼고, 채소를 만지며 시간을 보낼 것이다. 또 시간이 흐르면 내가 지나온 채소들의 기억이 내 입맛이 되고, 취향이 되고, 일상이 되겠지.

-:-:-:- 당근 -:-:-:-

무엇이든 할 수 있어

당근의 주황색이 좋다. 채소라고 하면 떠오르는 초록빛이 아니어서 그 전형적이지 않음이 좋다. 비트의 붉은색처럼 강렬하지 않아서 그 부담스럽지 않음이 좋다. 주황은 적당하다. 당근은 적당하다. 적당히 달아서 주스로도 먹고, 적당히 단단해서 아삭아삭 베어 먹기도 한다. 과일과도 어울리고, 밥에 넣어도 어울리고, 베이킹 재료로도 어울린다. 적당해서 무엇과도 어우러지고 무엇이든 될 수 있다.

우리나라에 당근케이크가 한창 유행일 때, 한국 카페에 유독 당근케이크가 많아서 외국인들이 놀랐다고 한다. 오랫동안 베이킹을 해 온 선생님들도 당근케이크가 이렇게 인기를 끌 줄 몰랐다고 입을 모았다. (당근케이크 시장을 선점했어야 했다는 아쉬움의 표정으로)

이유식에 들어가는 당근, 김밥 속 당근, 잡채 속 당근을 생각해 보면 그동안 당근은 있는 듯 없는 듯 그저 음식의 구색을 맞추는 조연이었다. 완성형이라기에는 조금 부족하고, 혼자서는 살짝 아쉬운 듯한 존재감. 그래서 당근이 좋았다. 대놓고 주인공처럼 반짝이는 존재는 매력적이지만 굳이 나까지 좋아해 주지 않아도 충분할 것 같다. 당근은 덤덤하고 조용하니까, 나라도 바라봐 줘야 할 것 같았다. 먼저 손 내밀고 싶은 존재라서 좋았다. 그러다 어느 날 갑자기 당근은 주인공이 되었다. 사람들이 이제야 당근의 매력을 알게 된 것일까.

당근을 사면 두 가지 형태로 손질해서 냉장고에 넣어 둔다. 손가락만 한 길이로 채 썬 것과 그 상태에서 더 촘촘하게 다지듯 썬 것. 채 썬 당근은 요리에 주로 쓰고, 다지듯 썬 당근은 베이킹에 쓴다. 당근을 손질할 때면 마음을 단단히 먹고 시작한다. 요리를 좋아한다고 말하기 민망할 만큼 칼질이 서툰 편이라 당근 두세 개를 손질하는 데에도 시간이 꽤 걸린다. 칼질이 무서워 손가락에 지나치게 힘을 주는 탓에 당근 손질이 끝나면 손가락이 욱신거린다. 그래도 아주 천천히 늘고 있고, 또 하다 보니 새롭게 깨닫게 되는 것도 있다. 칼질할 때는 위에서 아래로 툭 내리듯이 써는 것보다 지나가면서 힘을 주어야 쉽다는 것. 있는 자리에서 그대로 멈추어 한 번에 힘을 쓰면 힘들고 속도도 나지 않는다는 것. 무엇보다 칼이 재료를 지나갈 때 힘을 주어야 나름의 리듬을 만들 수 있다. 어떤 작업이든 고수의 반열에 오른 사람에게는 특유의 리듬이 있다. 멈추어 힘주는 것이 아니라 스쳐 지나가면서 리듬을 타듯이 썰다 보면 어설프고 느린 손놀림으로도 얼추 손질을 끝낼 수 있다.

채 썬 당근은 샐러드로 만들어 먹는다. 샐러드에 들어가는 당근은 익히지 않고 소금에 버무려 30분 정도 재워 둔다. 김치 담글 때 배추를 절이는 것처럼 물기를 빼서 부드럽게 만든다. 부드러워진 당근을 소스에 버무리면 며칠 먹을 샐러드 겸 반찬이 된다. 소스는 양파, 식초, 간장, 식물성 오일, 겨자를 갈아서 만든 양파 소스*를 즐겨 사용한다.

다진 당근을 베이킹 재료로 사용할 때는 호두나 시나몬 파우더를 같이 넣고 만든다. 파운드케이크, 쿠키, 마들렌, 무엇이든 좋다. 당근과 호두, 시나몬 파우더로 반죽하면 종목

---

* 네이버TV 「이양지의 마크로비오틱」 영상을 참고해 만들었다. 영상 제목은 "당근으로 2가지 요리 만들기 - 한 가지 채소 요리".

은 달라도 모두 같은 정체성을 갖는다. 당근케이크 같은 쿠키, 당근케이크 같은 마들렌, 당근케이크 같은 머핀. 당근케이크가 워낙 유명해지다 보니 비슷한 유형의 맛이 모두 '당근케이크 같음'으로 귀결된다. 당근케이크를 좋아하는 사람이라면 당근으로 만든 쿠키와 마들렌도 좋아할 수밖에 없다. 당근으로 매커룬이라는 과자도 만들어 봤다. 우리가 아는 마카롱의 시조 격이라고 할 수 있는 과자인데, 계란 흰자와 코코넛을 이용해서 만드는 것이 오리지널이다. 나는 코코넛 대신 채 썬 당근을, 계란 흰자 대신 메이플 시럽과 코코넛 오일을 사용했다. 전통적인 매커룬 특유의 코코넛 향 가득한 맛은 아니지만 당근과 코코넛 오일이 퍽 조화롭다. 코코넛 오일은 차가운 온도에서 굳는 성질이 있는데, 그래서 이 과자는 냉장고에 두었다 먹으면 쫀득한 식감을 제대로 즐길 수 있다.

집 근처에 멀리서도 눈에 띄는 플라워 스튜디오가 있다. 친구에게 그곳 얘기를 했더니 아는 곳이라고 한다.

"거기 알아. 사장님이 남편 회사 동기였는데, 회사 다니다가 꽃 배우고 싶어서 영국으로 연수 갔나 보더라고. 그러고는 돌아와서 짠! 하고 스튜디오를 열었는데, 거의 열자마자 잘됐다고 하더라."

티소믈리에 자격증을 따고 '차'를 나의 두 번째 직업으로 삼아도 될지 고민하던 시기였다. 학생 때와 달리 사회에 나오니 정해진 게 없었다. 어느 수준까지 실력을 만들어야 한다는 가이드도 없고, 어떻게 실력을 쌓아야 하는지도 스스로 결정해야 했다. 티소믈리에 자격증이 있긴 했지만 차 공부를 더 하는 게 맞는 건지, 차 관련 일을 먼저 경험해 보는 게 나을지 고민이었다. 그러던 차에 과감하게 회사를 그만두고 유학을 다녀온 뒤 단번에 가게를 열어서 잘 운영하고 있다는 남의 이야기를 듣고 있자니 마음 한구석이 답답해졌다. 어떻게 다들 이렇게 잘 살고 있는 걸까. 회사를 다니다가 사업도 잘하고, 새로운 일에도 용감하게 뛰어들고. 부러운 마음은 드는데 그래서 어떻게 해야겠다는 결론을 내기는 쉽지 않았다.

다른 사람의 사례를 참고하고자 인스타그램을 열면 어느 순간 목적은 잊은 채 부러움과 변명만 한가득 쌓인다. 새로운 일을 하려면 한동안 그 분야에 푹 빠져 살 수 있는 시간적 경제적 여유가 필요하구나, 나는 회사를 그만두기에는 당장 생계가 넉넉하지 않은데, 회사를 벗어날 수 없는 운명인가 보다. 매번 이렇게 슬픈 결론이 나는 건 왜일까. 베이킹이든 티소믈리에든 홈카페든 인스타그램에는 고수가 무수히 많다. 그들의 이미지를 보면 볼수록 나는 안 되겠다는 생각이 들었다. 지금처럼 회사를 다니면서 취미로 하다 보면 언젠가는 실력이 쌓일 거고, 그럼 그때 가서 생각해 보지 뭐. 인스타그램을 켜면 결국은 그렇게 마음을 정리하게 되는 식이었다.

그날도 그런 마음으로 인스타그램 피드를 내려 보는데, 어느 화과자 공방 사장님의 글에 시선이 멈췄다. 꽤 긴 글이어서 정확히 기억나지는 않지만 요약하자면 일단 시작하면서 준비하라는 내용이었다. 기억을 더듬어 보았다.

> "수업만 계속 듣고, 자격증만 계속 따는 사람들이 있어요. 언젠가 경제적인 여유가 되면, 실력이 더 쌓이면, 그땐 나도 공방을 가져야지 생각하지만 그렇게는 절대 시작할 수 없어요. 누구나 시작할 때는 미숙합니다. 다만 완벽하진 않더라도 몇 가지는 자신 있게 만들 수 있을 거예요. 그 정도 수준이 되면 그 몇 가지를 정리해서 일

단 시작해야 해요. 저도 그렇게 시작했고요. 처음 2년간은 수강생이 하도 없어서 한 명이 등록한다고 하면 뛸 듯이 기뻐하다가 취소하면 크게 우울해하기를 반복했어요. 그렇게 2년쯤 지나자 갑자기 특별한 계기도 없이 수강생이 늘어났어요. 신기해서 오신 분들에게 어떻게 수업을 신청하게 되었냐고 물으니, 그 2년 동안 인스타그램으로 꾸준히 작업 사진을 봐 왔다고 하더라고요. 시간적 여유가 없어서 망설이다가 이제는 들어야지 하는 마음으로 오게 되었다고요. 2년 동안 매일 작업 사진을 올렸지만 별 반응이 없다고 생각했는데, 제게 보이지 않고 들리지 않았을 뿐 누군가는 보고 있었던 거예요. 누구나 시작하고 1~2년에는 찾는 사람이 별로 없는 기간을 겪게 돼요. 그 기다림의 기간 동안 배우고 연구하며 운영하다 보면 길이 생깁니다. 계속 망설이고만 있다면 우선 시작해 보라고 말하고 싶어요. 언젠가 하겠지 하다 보면 평생 못 해요."

마치 나에게 하는 말 같았다. 베이킹 클래스를 다니다 보면 베이킹을 처음 시작하는 사람이 베이커리를 열기 위해 창업반 수업을 듣는다는 이야기를 자주 접한다. 평소에 베이킹을 하지 않았는데도 그저 관심이 있는 정도에서 가게를 계약하고 비싼 창업반 수업을 듣는다는 게 나로서는 이해할 수 없었다. 베이킹이 안 맞을 수도 있고, 하다 보니 다른 게 좋아질 수도 있는데, 경험 없이 대뜸 시작하는 것은 무책임하다고 생각했다. 가게를 여는 것은 그 분야에서 꽤 숙련된 후의 일이라고 생각했다. 그래서 마음을 미뤄 왔고, 실력을 쌓다 보면 자연스럽게 기회가 생기거나 마음속으로 지금이다 싶은 시점이 올 거라고 생각했다. 언젠가 하겠지 하다 보면 평생 못 할 수도 있다는 글을 보고서야 그 모든 생각이 한 발짝 더 용기 내지 못하는 스스로에 대한 변명이었다는 사실을 알아차렸다.

「비긴 어게인」이라는 TV 프로그램을 보았다. 방송에서 부르는 노래 대부분은 몇 달 전부터 출연진이 열심히 연습한 결과다. 장소와 관객을 떠올리며 노래를 고르고, 같이 부를 가수와 합을 맞춰 보며 오래 준비했을 것이다. 그런데, 완벽하게 준비된 노래들 사이에서 가수 헨리가 불쑥 이렇게 노래를 시작할 때가 있다.

"어제 악기를 새로 샀는데요."

"갑자기 이 노래가 생각나는데."

그러고는 계획에 없던 노래를 부른다. 같이 무대에 선 동료 가수들의 흔들리는 눈빛에서 아, 이건 정말 즉흥이구나, 알 수 있다. 준비되지 않았기에 틀리기도 한다. 그래도 거리낌이 없다. 나는 그의 용기가 당황스러웠다. 만약 내가 저 자리에 있었다면 실수하고 싶지 않아서 준비한 것을 더 잘 보여 줄 생각만 했을 것이다. 나의 걱정에는 관심 없다는 듯 즉흥 무대의 여러 실수는 그를 점점 더 멀리 데리고 간다. 마치 요리조리 퍼즐을 맞추는 것처럼 다양한 상황에 대한 내공을 쌓아 가는 것이다. 무엇이든 빨리 배우는 그의 능력은 아마도 거리낌 없는 시도 덕분일 것이다.

시작을 고민하는 시기. 어쩌면 내가 좋아하는 세계를 사람들에게 보여 주고 싶은 마음이 가장 뜨거울 때일 것이다. 그것이 반드시 가게나 공방의 모습이 아니더라도, 그냥 지금 할 수 있는 것을 해 볼 수 있지 않을까. 당근을 썰듯이, 멈추어 힘주는 것보다 지나가며 힘주는 편이 더 나을 수 있지 않을까. 인스타그램에 디저트와 차를 페어링한 사진을 올린다거나 그 주제로 글을 연재한다거나. 당장에라도 내가 하고 싶은 것, 내가 좋아하는 것을 할 수 있었다. 그런데 꼭 완성형의 무엇을 이루어야 한다고 생각했던 것이다. 매일 같은 자리에서 저 멀리 떠나간 사람들의 뒷모습을 바라만 보며, 나는 갈 수 없다고 생각했다.

며칠 생각을 정리하고, 모임을 진행해 보기로 했다. 차의 아름다운 향에 집중해 보는 시음 워크숍이다. 차의 향기는 그즈음 가장 관심 있는 주제였고, 차에 빠지게 된 계기이기도 했다. 홍보문을 쓰고 인스타그램으로 인원을 모집했다. 모임 장소는 바로 그 플라워 스튜디오. 미팅 약속을 잡고 찾아간 스튜디오는 밖에서 본 것만큼 분위기가 좋았다. 정갈하게 정리된 내부와 감각적인 꽃들을 보고 역시 이곳에서 해야겠다고 마음먹었다.

워크숍을 기획하고, 도구를 마련하고, 차와 디저트를 준비하는 일은 손이 많이 가지만 즐거웠다. 힘든 것은 사람을 모으는 일이었다. 화과자 공방 사장님의 경험처럼 한 분 한 분 신청하고 취소하는 것에 며칠을 내리 마음 쓰게 되었다. 응원해 주는 사람들의 마음은 고마웠지만, 그와 별개로 신청자가 더디게 모여서 기운이 빠졌다. 그럼에도 오롯이 나만의 에너지와 분위기만으로 무언가를 만들어 나간다는 짜릿함이 있었다. 오신 분들과 좋은 기운을 주고받는다는 것 자체로 감동적이었다. 그렇게 네 번 정도 진행하고 나니 앞으로 어떻게 해야 할지 생각이 조금씩 정리되었다.

전업으로 할 수는 없더라도 워크숍을 준비하는 동안 나는 티소믈리에이자 비건 베이커였다. 하고 싶은 일을 하는 동안 나는 무엇이든 할 수 있었다. 멈추어 서서 온몸에 힘을 주며 스스로를 단련하는 시간도 물론 필요하겠지만, 이것저것 시도해 보고 앞으로 나아가며 힘을 쓰는 것이 훨씬 효율적이다. 지금의 자리에서 보지 못했던 것을 볼 수 있기 때문이다.

여전히 워크숍은 사람을 모으기가 쉽지 않다. 인스타그램 공지의 '좋아요'와 '저장하기' 수는 점점 늘고 있지만 그 관심이 실제 워크숍 신청으로 이어지는 것은 또 다른 문제다. 무언가에 시간과 돈을 지불한다는 것은 결심이 필요한 일이다. 그렇지만 사람이 적게 모이고 어렵게 모일지라도 아직까지는 취소 없이 워크숍을 이어 나가고 있다. 이 경험이 늘어날수록 스스로에 대한 믿음과 자신감이 생긴다. 나는 내가 하고 싶은 것을 지속해 나갈 힘이 있구나. 어쩌면 나는, 무엇이든 될 수는 없어도 무엇이든 할 수 있을지도 몰라.

당근 매커룬과 당근 샐러드.

⊹⊹⊹ 비트 ⊹⊹⊹

각자의 꽃을 피우리라

비트 한 통을 사다가 반을 썰어 보면 짙은 붉은색에 깜짝 놀란다. 채소의 색으로 자연스레 떠오르는 초록색도 연두색도 노란색도 아니라니. 자색 고구마, 자색 양파, 래디시, 레드 소렐, 비트처럼 붉은 계열의 채소를 보면 그 색다른 매력에 자꾸만 눈이 간다. 비트의 붉은색은 선명하고 진하다. 그냥 빨간색이라고 하기에는 자줏빛이 돌고, 그렇다고 자줏빛이라고 하기에는 붉은 것이 다홍빛 같기도 하고, 즙의 색은 핫핑크 같기도 하다. 비트를 손질할 때는 꼭 앞치마를 두르거나 붉은 물이 들어도 괜찮은 진한 옷을 입어야 한다. 잠깐 비트를 손질하고서 손을 보면 온통 비트 물이 들어 빨갛다. 물로 씻어도 금방 지워지지 않아 요리하는 내내 손은 붉게 물이 들어 있다.

콜라비와 비슷한 단단하고 동그랗게 꽉 찬 생김새, 진하디진한 붉은 속살. 비트는 무슨 맛일까? 비트 100%의 유기농 주스를 마셔 본 적이 있다. 채소의 맛이라고 하기에는 새콤하고 진해서, 이건 좀 새로운데? 근데 도대체 무슨 맛이지? 생각하고 있는데 옆에서 남편이 알겠다는 듯 말했다. "이거 그 맛이네, 뉴슈가 넣어서 찐 찰옥수수 물." 음? 그게 무슨 맛이지 생각하며 비트 주스를 다시 한 모금 마셨는데, 맞네 맞아! 이 맛은 어릴 적 엄마가 뉴슈가를 넣어 삶은 옥수수 알갱이 사이에 입을 대고 쭉 빨아 먹었을 때의 그 맛이다. 뉴슈가도 없이 이렇게 단맛을 내는 채소라니, 정말 신기하네.

선명한 색 덕분에 비트는 색을 내는 요리나 디저트에 자주 쓰인다. 물김치에 넣어 붉게 예쁜 국물을 만들기도 하고, 레드벨벳 케이크의 붉은색을 내기 위해 쓰기도 한다. 레드벨벳 케이크의 빨간색은 '코코아 파우더+버터밀크+식초'의 화학 작용으로 탄생된 결과물이다. 아쉽게도 처음 이 방법을 발견했을 때와는 달리 요즘의 코코아 파우더로는 붉은색을 만들기 어렵다. 시큼한 맛을 내는 코코아 파우더의 산성을 중화하기 위해 알칼리 처리를 하기 시작했는데, 이 때문에 예전만큼 화학 반응이 나타나지 않기 때문이다.

처음의 선명한 붉은색을 그리워하던 파티셰들은 색을 내

기 위해 여러 재료를 사용하기 시작했다. 그렇게 찾아낸 것이 식용 색소와 홍국 쌀가루, 비트였다. 식용 색소는 건강에 좋지 않기에 점점 사용하지 않는 추세이며, 홍국 쌀가루는 색은 선명하지만 쌀가루 특유의 향과 식감 때문에 호불호가 갈리는 편이다. 비트는 반죽 상태일 때는 예쁘고 선명한 붉은색을 띠지만 오븐에서 구우면 갈색으로 변하는 점이 아쉽다. 역시 인공적으로 만든 식용 색소를 따라갈 재료가 없는 건가 싶은 생각이 들었지만 비트 케이크를 맛보고는 안심했다.

비트 특유의 맛과 향이 오히려 새로운 장르의 발견 같았다. 비트에 초콜릿의 맛이 더해져 부드럽고 진하게 단맛이 남는다. 레드벨벳 케이크라는 이름을 붙일 수는 없겠지만 비트 케이크로도 충분히 매력 있다. 기본 레시피에 코코아 파우더의 함량을 높이고 코코넛밀크 가나슈로 옷을 입히니 모양도 맛도 베이커리 메뉴처럼 그럴듯해졌다. 채소의 맛이 그대로 살아 있는 케이크는 자극적이지 않아서 술술 잘도 들어간다. 버터와 계란, 우유가 들어가지 않았지만 어쨌든 밀가루 반죽이고, 비정제 설탕이 어느 정도 들어가기 때문에 많이 먹어서 좋을 게 없다는 걸 알면서도 부담 없이 담백한 단맛에 계속 먹게 된다.

케이크에서 살리지 못한 비트의 고운 색을 고스란히 즐기면서 먹는 방법은 따로 있다. 바로 비트 수프를 만드는 것. 비트와 감자, 양파로 만드는 이 수프는 보는 것만으로도 즐거운 색감을 자랑한다. 만들기도 간단해서 출근 전 아침 메뉴로 추천할 만하다. 찐 감자와 찐 비트, 볶은 양파와 시나몬 파우더 약간, 생강가루 약간, 여기에 물을 넣고 믹서에 갈면 된다. 조리 전의 무게로 감자 3, 비트 1, 양파 0.5의 비율을 추천한다.

채소에 대한 요즘의 관심이 어쩌면 새로운 것에 대한 갈증이 아닐까 싶기도 하다. 지금의 이삼십 대는 어릴 때 밭에서 자라나는 채소를 본 기억이 없다. 유치원에서 체험 활동으로 고구마를 캐거나 딸기를 따 본 경험 정도가 전부다. 아주 잠깐의 체험이었고, 중요한 기억으로 자리 잡지는 못했다. 그러다 보니 생생한 빛깔과 모양의 채소를 보면 신기한 것이 당연하다. LP판이 생소한 우리 세대가 LP판을 보며 '힙하다'고 생각하는 것처럼. 그래서인지 마트에서 흔하게 보던 세척 채소, 절단 채소가 아니라 밭에서 자라난 온전한 모습의 채소를 보면 새롭고 신기하고 트렌디해 보이기까지 하다. 최근 문을 연 몇몇 채식 음식점이 만들어 내는 세련된 분위기만

봐도 채소가 새로이 불러일으키는 문화적 정체성이 어떠한지 알 수 있다.

건강한 삶, 마음이 풍족한 삶을 지향하는 게 아니라 그저 유행을 따라가고 있나 생각이 들다가도, 그럼 또 어때 싶다. 유행이 다 나쁜 것은 아니다. 우리가 겪고 있는 사회의 어쩔 수 없는 문제들과 지루함을 탈피하기 위해 새로운 움직임이 만들어지는 것이고, 그런 유행이라면 얼마든지 따라 해도 좋다는 생각이다. 그렇지만 그 새로움이라는 것이 다양성을 배제하는 방향은 아니었으면 한다. 기존의 것을 시대에 뒤처진 구식 문화나 수준 낮은 문화라고 생각하지 않았으면 좋겠다. 정해진 대로 살 필요 없다는 말은 지금까지의 길을 부정하자는 뜻이 아니다. 새롭게 개척한 길 외의 다른 방식을 무시하자는 것이 아니다.

대학에 막 들어갔을 무렵(참고로 나는 08학번이다), 독서모임보다는 독서토론이라는 단어가 익숙했다. 방송에서는 대학생 토론 배틀 프로그램이 나오기도 했고, 미디어에서는 말로 상대를 제압하는 사람이 멋있게 다뤄졌다. 멋져 보이는 것에 환상을 가지기 좋은 나이, 스무 살. 나도 토론 동아리

면접을 보러 갔다. 그곳에서의 말은 이기기 위한 것이었다. 상대를 나의 말로 설득하고, 나의 주장을 상대가 인정하도록 만들어야 했다. 나는 온 힘을 다해 말했으나 이길 수 없었고, 면접에서 떨어졌다. 로스쿨이 아닌 사법고시가 남아 있던 시절, 누구나 대기업에 들어가야 한다고 믿던 시절, 인기 드라마의 시청률이 50%를 넘던 시절, 그러니까 다수가 옳고 소수가 외면받던 시절에는 이기는 것이 중요했다.

물론 여전히 그렇다. 다수에게 인정받는 걸 싫어하는 사람은 없다. 바뀐 게 있다면 요즘 세대는 삼성보다 카카오에서 일하고 싶어 한다는 것, 회사원보다는 자기의 브랜드나 가게를 운영하는 사람이 멋져 보인다는 것. 이 변화를 온 마음으로 환영하다가 문득 위험할 수도 있겠다는 생각이 들었다. 새로움, 다양성, 틀을 깨는 시도의 목적이 이기는 것이라면 이전과 다를 것이 없다. 우리가 만들어 내는 변화는 더 많이 인정받기 위한 쪽이 아니라 더 많이 인정하기 위한 쪽이어야 한다.

내가 진행하는 독서모임에서는 각자 자신의 생각을 자유롭게 말한다. 그러나 자신의 생각이 맞다고 말하지는 않는다. 다른 사람과 의견이 다를 때는 그 사람의 관점에서 생각해 본다. 나는 언제나 내가 틀릴 수 있다고 생각한다. 하나의 책에 대해 모두 다르게 생각한다는 것은 너무도 당연하다. 모두 자신이 살아온 만큼 이해한다. 서로 다른 생각을 듣는 것은 서로 다른 인생을 경험하는 것이다. 독서모임에 가는 날이면 늘 기꺼이 지고 싶다는 생각을 한다. 내가 아는 것이 다가 아니기 때문에, 내가 틀렸기 때문에, 내가 살아 보지 못한 세상을 만날 수 있게 된다.

세상이 점점 다양한 가치를 받아들이면서도 동시에 양극단의 차이를 더 넓혀 간다고 느낀다. 세월호 참사, 코로나 바이러스, 유난히 긴 장마를 겪으면서 더욱 절감했다. 코로나로 인해 기업에서는 재택근무, 자율출퇴근, 유연근무 등 다양한 근무 형태를 도입하고 있다. 북유럽 복지 국가에서나 가능할 것 같은 디지털 노마드식 라이프스타일이 갑자기 시작되었다. 그러나 한쪽에서는 직업을 잃고, 소득이 줄고, 더 열악해진 근무환경에 놓이는 사람이 늘어났다.

다름을 인정하기 위해 다양성의 가치를 받아들이는 것이 아니라, 무엇이 맞는지 예측하기 어렵기 때문에 다양한 시도로 위험을 분산하려는 것에 가깝다.

우리가 만들어야 할 다양성의 세계가 더 많이 가지고 더 많이 인정받기 위한 방향이 아니라 더 많이 나누고 더 많이 인정하기 위한 방향이기를 바란다. 내몰리듯 다양해지는 것이 아니라 안정된 기반 위에서 각자의 다양한 모습을 내보일 수 있다면 좋겠다. 언젠가 읽었던 불경의 구절이 떠오른다.

> 흐드러지게 꽃이 피어 온 산을 덮었는데, 그 꽃 모양이 모두 다르더라.
> 저마다 다른 색을 뿜어내는 그 광경이 참으로 장관이구나.

모두가 각자의 꽃을 피울 수 있으면 좋겠다. 기꺼이 지고, 기꺼이 틀리고, 기꺼이 내어 주고, 기꺼이 어울릴 수 있으면 좋겠다.

✣✣✣ 녹차 ✣✣✣

식물의 힘을 빌리다

"초록색이랑 하얀색 중에 하나 고르세요."

"응?"

"휴대용 다구예요. 쉬는 동안 국내 여행이라도 가실 것 같아서요. 들고 가서 차 마시고 푹 쉬다 오세요."

두 번째 퇴사 선물로 다구를 받았다. 차를 좋아하는 나를 위한 맞춤형 선물이라니. 뜻밖의 설렘이다. 이런 좋은 사람들을 두고 이직하는 게 맞는 걸까 잠깐 흔들리기도 했다. 정신 차리자, 떠날 땐 앞만 보고 가는 거지. 어차피 좋은 선택이란 없고 나은 선택이 있을 뿐이니까. 이직 사이의 짧은 휴가는 이것 때문에 퇴사하는 사람도 있을 정도로 소중한 시간이다. 그런데 슬프게도 하필 코로나에 장마까지 겹쳐서 꼼짝없이 집에 있어야 했다. 비는 쉬지 않고 내리고, 코로나 확진자 수는 줄지를 않고, 마음먹고 신청한 모임은 모두 취소되었다. 계속되는 흐린 날씨로 하루 종일 집 안에 햇볕도

들지 않았다.

선물 받은 다구로 차나 한잔 마셔 볼까. 비는 잠깐 멈추었지만 밖이 어두워서 지금이 아침 8시인지 저녁 8시인지 모르겠다. 오늘은 음악 대신 자연의 소리 ASMR을 틀어 두었다. 졸졸졸 찻주전자에서 찻잔으로 떨어지는 찻물 소리. 그 위에 시냇물 소리까지 얹힌다. 눈을 감고 생각해 본다. 이곳은 시원한 계곡, 산들산들 바람이 불고 나는 한가롭게 차를 마시고 있다고. 코로나로 밖에 나가기 어려워지면서 집 안에 머무르며 공간을 다르게 느껴 보고 있다. 명상이 심신 안정에 도움이 되는 이유도 아마 이와 비슷할 것이다. 지금 이 순간, 이 공간을 다르게 느끼면 그것에서 한 발짝 떨어져 객관적으로 바라보게 되니까. 그러면 고민이나 스트레스가 단순해진다.

그 상태에서 녹차에 집중하면 단순하면서도 섬세한 차의 향기가 느껴진다. 인공 향도, 다른 종류의 허브나 차도 섞이지 않은 순수한 녹차의 향기는 고소하면서도 단 풀 내음이다. 스스로 이렇게 최면을 건다. 이곳은 숲이다. 나는 나무 사이에 앉아 있다. 코와 입으로 차의 향을 깊게 마시며 피톤

치드의 에너지를 대신해 본다. 식물의 힘을 빌려 집 안에 갇힌 나를 멀리멀리 보내는 상상을 하는 것이다. 그렇게 천천히 차를 마시고 스트레칭을 하면 하루의 시작이 상쾌해진다. 회사 다니면서는 누리기 어려운 여유를 이렇게라도 부려 본다.

요즘 하동 녹차에 빠져 있다. 지리산 자락 아래 하동은 우리나라의 첫 녹차 재배지로 알려져 있다. 차를 공부하기 전에는 한국 녹차에 대한 경험이라곤 현미녹차 티백뿐이었는데, 차를 배우며 우리나라 녹차의 세계에 눈을 뜨게 되었다. 차 워크숍 준비를 하다가 믿을 만한 국내 다원을 발견한 적이 있다. 세련된 브랜딩으로 관심을 모으는 국내의 몇몇 티 브랜드가 어디서 차를 가지고 오는지 궁금해서 찾아보다가 그들이 거래하는 하동의 다원을 알아냈다. 가족이 운영하는 소규모 다원이어서 사장님의 휴대폰 번호가 곧 회사 번호였다. 직거래인데도 꽤 비싼 가격에 잠깐 망설이다가 결국 주문했다. 우려 보니 역시 좋은 차였다. 잡내 없이 깔끔하게 느껴지는 향기와 부드러운 맛에 반해서 시간 날 때마다 마시고 있다.

인공 향이 섞이지 않은 스트레이트 티를 마실 때면 단순히 음료를 마시는 것이 아니라 식물의 에너지를 흡수하는 기분이 든다. 계절을 딛고 힘차게 자라난 어린 찻잎에는 식물의 힘이 응축되어 있다. 따뜻한 물에 그 에너지를 풀어내 마시면 마음이 편안해지고 몸은 활기를 띤다. 차를 마시고 나면 보통 찻잎을 버리는데, 오늘은 찻잎으로 요리를 해 본다. 한 번 우려낸 찻잎으로 녹차 나물, 녹차 샐러드, 녹차밥을 만들어 보았다.

찻잎으로 나물과 샐러드를 만든다고 하면 이상하게 들릴 수도 있겠지만 녹차는 쑥이나 취나물처럼 그 자체를 먹을 수 있는 식물이다. 말린 시래기를 물에 불려 요리 재료로 쓰는 것처럼 우려낸 찻잎도 먹을 수 있다. 디저트 재료로 자주 쓰이는 말차 또한 말린 찻잎을 그대로 가루로 만든 것이니 잎을 온전히 먹는 것과 같다. 마침 집에 발효시켜 둔 두유 요거트가 있다. 두유 요거트 한 컵에 유자청 반 스푼을 넣고 잘 섞은 다음 우려낸 찻잎을 버무리면 시금치 두부 무침 같은 생김새의 녹차 두유 요거트 샐러드가 된다. 녹차와 유자는 맛의 궁합도 잘 맞아서 날이 더우면 차갑게 우린 녹차에 유자청을 넣어서 마시기도 한다. 고소한 단맛과 씁쓸한 맛이

나는 녹차에 새콤달콤한 유자청이 섞이면 새로운 매력의 음료가 탄생한다.

"차는 쓴맛이 나서 싫었는데, 차의 문제가 아니었네요!"

워크숍에 오는 분들이 매번 하는 말이다. 기존에 카페에서 마시던 얼그레이 홍차나 집에서 티백으로 우려 마시던 녹차는 쓴맛이 강했는데 워크숍에서 마시는 차는 부드럽고 향이 좋다고. 차를 우리는 일은 익숙해지면 간단하지만, 초보자에게는 물의 온도와 우리는 시간을 신경 쓴다는 것 자체가 어렵고 번거롭다. 그래서 입문자에게는 녹차를 따뜻하게 우려 마시는 것보다 냉침하는 것을 추천한다. 녹차를 뜨거운 물에 오래 우리면 쓰고 텁텁한 맛이 난다. 비싼 녹차를 사도 어떻게 우리느냐에 따라 맛없는 녹차가 되기도 한다. 반면 냉침을 하면 텁텁한 맛을 내는 성분이 덜 우러나기에 녹차가 가진 본연의 맛을 즐길 수 있다. 맛도 맛이지만 우리는 방법이 더 쉬운 것도 장점이다. 더운 여름에는 거의 냉침으로만 차를 마시는 편이다. 텀블러에 녹찻잎 한 스푼을 넣고 물을 붓기만 하면 된다. 냉장고에 두고 한 시간 정도 우리면 딱 먹기 좋은 상태가 된다.

녹차 나물은 들기름과 간장, 깨소금만으로 맛을 낸다. 불도 필요 없고 칼질도 필요 없다. 어떠한 요리 과정도 없이 만들 수 있는 반찬이다. 녹차에 들기름과 간장이라고? 어울리지 않을 것 같지만 조물조물 무쳐서 먹어 보면 여느 나물 반찬과 다르지 않다. 나물로 먹는 채소는 저마다 독특한 향과 맛이 있다. 시금치, 도라지, 고사리, 참나물, 취나물을 생각하면 머릿속에 특유의 맛과 식감이 떠오르듯 녹차 나물도 그러한 특징이 있다. 고소하고 단 풀 향이 나고, 씹을 때 부드러우면서도 쫀쫀하다.

차로 만드는 요리 중에 익숙한 것은 녹차밥일 것이다. 보리굴비를 파는 식당에 가면 국그릇에 녹찻물을 담아 준다. 시원한 녹찻물이 보리굴비의 비린 맛을 잡는 역할을 한다. 밥을 녹찻물에 말아서 명란젓이나 오징어젓 같은 짭조름한 밑반찬을 올려 먹어도 맛있다. 보리굴비 정식의 녹찻물 밥이 녹차 우린 물에 밥을 말아 먹는 방식이라면, 녹차밥은 밥을 지을 때 녹차를 넣는 방식이다. 2인분 기준으로 쌀 두 컵에 녹찻잎 5g(우리기 전 무게)을 넣고, 냉침으로 우린 녹찻물을 밥물 대신 잡는다. 들기름과 간장 양념을 좋아한다면 녹찻잎을 들기름 한 숟가락, 간장 반 숟가락과 함께 조물조물 무쳐서 넣어도 좋다. 밥도 요리처럼 재료와 간을 더해 먹는 재미가 있다. 은은한 녹차 향까지 느끼며.

"언제 커피 한잔 하자" 이전에 "언제 차 한잔 하자"라는 인사말을 쓰던 시절이 있었다. 스타벅스 같은 대형 프랜차이즈 카페가 들어서기 전에는 찻집에서 사람을 만났을 것이다. 이제는 차 대신 커피 한잔 하자고 말하면서도 여전히 커피타임 대신 티타임이란 말을 쓰는 이유는 무엇일까. 티타임이라는 단어가 불러일으키는 다정함 때문일까. 얼마 전 인스타그램으로 '나의 차 경험'에 대한 설문을 진행했다. 답변을 보니 맛있는 차에 대한 기억보다 좋은 사람과 함께한 찻자리의 기억이 더 많았다. 혼자 마시는 차도 좋지만 기억에 남는 찻자리에는 같이 차를 마신 누군가가 있었던 것이다.

사람들에게 차를 마시는 일은 단순히 찻잎이 주는 영양소를 섭취하고, 맛과 향을 즐기는 것 이상의 의미였다. 차가 주는 에너지를 빌려 마음의 온기를 나누는 일이라고 느껴졌다. 건강한 향기와 맛을 함께 느끼며 이야기를 나눈 기억은 오래도록 마음에 남는다. 설문에 참여한 A는 어릴 때 주말마다 온 가족이 모여 차 마셨던 기억을 들려주었다. 밥을 먹고

난 뒤 거실에 앉아 차를 마시며 한 주 동안 어떤 일이 있었는지 이야기하곤 했다고. 지금은 각자 하는 일이 바빠서 예전처럼 매주 보지는 못하지만 평생 간직하고 떠올리게 될 소중한 기억이라고 했다. 그 기억들은 A가 일상에서 흔들릴 때 중심을 잡아 줄 것이다. 좋은 기억을 많이 가진 사람은 안전장치를 많이 가진 셈이다.

나도 A의 가족처럼 남편과 더 자주 차를 마시고 더 자주 건강한 음식을 만들어 먹어야지. 우리의 식탁에서 더 많은 이야기를 나누어야지. 차곡차곡 간직해 두었다가 두고두고 꺼내 볼 기억을 많이 만들어야지. 정말로 든든할 것 같다.

차 시음 노트

요리를 멈추다

남편과 동유럽에 간 적이 있다. 여행 전에 찾아보니 헝가리, 특히 부다페스트는 온천이 유명하단다. 유럽식 온천은 어떤지 궁금해져서 헝가리에서 유명하다는 세 개의 온천 중 세체니 온천에 가기로 했다. 세체니 온천은 온천보다는 워터파크에 가까웠다. 큰 수영장 같은 온천탕 중앙에는 회오리 모양의 구조물이 있었는데, 미끄럼틀도 아닌 이 회오리 안에서 사람들이 깔깔대며 물길을 따라 돌고 있었다. 우리도 질세라 회오리 안을 돌고 돌면서 신나게 물놀이를 했다. 배가 출출해질 때쯤 물놀이를 마치고 나오니 사람들이 매점 앞에 길게 줄을 서 옥수수 구이를 사고 있었다. 물놀이 후에 달고 짠 음식이 당기는 것은 어느 나라 사람이든 비슷한가 보다.

겨울에 동유럽을 다녀온 친구가 동유럽은 상상 초월로 춥다고 했다. 그 말을 착실하게 믿고 그렇다면 여름은 시원하겠지 생각했는데 착각이었다. 동유럽의 여름 더위는 서울의 폭염만큼이나 굉장했다. 옥수수 구이를 사기 위해 땡볕에 줄을 서는 것이 어찌나 힘들던지. 뜨겁게 내리쬐는 햇볕 아래서 30분 이상을 기다렸다가 맛본 것이니 그게 뭐든 맛있었겠지만, 그때 베어 문 옥수수의 첫맛을 아직까지 잊을 수가 없다. 대체 이 옥수수는 무슨 옥수수이길래 이렇게까지 맛있단 말인가. 그전에도 워터파크나 페스티벌에 놀러가면 옥수수 간식을 종종 사 먹었다. 대개 달콤한 소스나 버터로 맛을 낸 것이었고, 옥수수 자체의 맛이 크게 다르다고 느끼지는 못했다. 그런데 세체니 온천의 옥수수는 달랐다. 옥수수 자체의 단맛이 강해서 별다른 소스를 뿌리지 않았는데도 맛있었다. 달게 절인 옥수수 통조림을 먹는 느낌이었다.

여행에서 돌아온 우리 부부는 장을 보러 갈 때마다 그 옥수수를 찾았다. 초당옥수수가 유명해지기 전이어서 찰옥수수 아니면 삶아서 진공 포장된 노랑옥수수 정도만 찾을 수 있었다. 한동안 옥수수 탐색을 하다가 결국 실패하고 세체니 온천의 옥수수는 좋은 추억으로 남겨 두자고 생각했다.

그러다 초당옥수수가 조금씩 이름을 알리기 시작한 것이다. 과일과 채소가 점점 더 달고 부드럽게 개량되는 것이 과연 좋은 걸까, 평소 의문을 품고 있기는 했지만 맛있는 옥수수를 먹을 수 있다는 생각에 초당옥수수 한 박스를 주문했다. 생산자 안내문을 읽어 보니 초당옥수수는 부드럽고 달아서 생으로 먹을 수 있다고 한다. 기존의 옥수수와는 달리 오래 삶으면 단맛이 떨어지기에 쪄 먹을 때는 살짝만 익히는 것이 좋고, 좀 더 간편히 전자레인지에 3분 정도 돌려서 먹어도 된다. 생으로 먹어도 맛있다고? 옥수수 껍질을 벗기고 행주로 탈탈 털어 그대로 베어 먹었다. 오. 정말이네. 생으로 먹어도 아삭하고 달고 맛있구나. 전자레인지에 살짝 돌렸더니 생으로 먹는 것과는 또 다르게 맛있었다. 그냥 먹어도 디저트처럼 달고 맛있다니. 신기한 발견이었다. 별다른 요리를 하지 않아도 맛있을 수 있구나.

이런 경험도 있었다. 6주짜리 중국차 클래스를 들으러 다녔을 때 돌아가면서 간식을 준비하는 간식 당번이 있었다. 월요일 저녁 7시 반 수업이라서 퇴근하고 부리나케 달려오는 수강생이 대부분이었다. 다들 바쁜 와중에도 회사 근처 카페에서 미리 주문해 둔 샌드위치나 쿠키, 빵이나 떡을 사서 왔다. 그런데 한 수강생의 당번 날, 테이블 위에 찐 고구마가 놓여 있었다. 고구마를 쪄서 가져온 수고로움을 가볍게 생각한 것은 아니었지만 내심 '저녁 간식으로 삶은 고구마?' 하고 의아해하다가 고구마를 한 입 먹는 순간 아차 싶었다. 옆에 앉아 있던 수강생이 고구마를 먹는 나에게 놀랍다는 표정으로 말했다.

"고구마 맛있죠? 아니, 무슨 고구마가 이렇게까지 맛있을 일이야?"
"네… 이게 무슨 일이죠? 고구마 너무 맛있어요. 제가 지금까지 먹었던 고구마랑은 아예 다른 고구마예요."

고구마를 가져온 수강생이 그게 도대체 어떤 고구마인지 설명해 주었다.

"농부님이 노래 불러 주며 키우신 고구마래요. 그래서 이름도 '노래하는 농부의 고구마'예요."

노래하며 키운다고 고구마가 정말 맛있어지는 것은 아니겠지만, 노래를 불러 줄 만큼 애정을 가지고 키웠다는 뜻일 것이다. 씨를 뿌리고 물을 주고 잘 자라는지 지켜보는 모든 과정에 키운 이의 고민과 정성이 들어갔을 것이다. 그렇게 키운 고구마는 맛이 이렇게나 다르구나. 즐거운 마음으로 고구마를 먹다가 문득 아쉬워졌다. 그렇다면 과자와 케이크를 만드는 수고로움은 어떻게 되는 걸까? 재료를 계량하고, 반죽하고, 굽고, 설거지하는 긴 과정을 거치는 것보다 삶은 옥수수, 삶은 고구마가 더 맛있다면 힘들여 베이킹을 하는 건 무슨 의미지? 노력 대비 효율성에서 너무 차이 나는 것 아닐까?

다시 생각해 보니 정성이 언제 들어가느냐의 문제였다. 노래하는 농부의 고구마를 생각해 보면, 내가 조리할 때 쓸 노력을 키우는 이가 대신 해 준 것이다. 그냥 먹어도 맛있을 수밖에 없도록 키워서 보내 준 것이다. 그러니 당연히 맛있을 수밖에 없다. 그런 재료는 구태여 더 요리할 필요가 없다. 원래 복잡하고 화려하게 조리해 먹지 않았지만, 채소 생활의 방향이 더더욱 명확해졌다. 좋은 재료를 사서 그 재료에 담긴 정성과 맛을 살릴 수 있는 요리를 하자.

올해는 생협에서 유기농 초당옥수수를 한 박스 주문했다. 이 맛있고 정직한 옥수수로 이번 여름을 나야지. 다양하게 요리하되 욕심내지 말아야지. 이미 충분히 달아서 그 이름도 초당인 이 옥수수를 제대로 맛봐야지. 기름을 두르지 않고 대신 물을 두 숟가락 넣은 냄비에 초당옥수수 알갱이와 조각낸 오이를 넣고 볶았다. 물이 졸아들 정도까지만 가볍게 볶아서 샐러드처럼 만들었다. 저녁에 만들어 냉장고에 넣어 두니 아침으로 먹기 적당했다. 이렇게만 먹기 심심하다면 올리브 오일에 말린 허브를 섞어서 드레싱처럼 뿌려도 좋고 잘게 자른 방울토마토를 곁들여도 좋다.

요리가 간단해지면 생활이 간단해진다. 삼시 세끼 제대로 차려 먹자고 들면 하루 온종일 요리만 해도 모자라겠지만, 재료의 특성을 살려서 가볍게 조리한다면 요리하고 먹고 설거지하는 일에 그다지 많은 시간이 필요하지 않다. 그렇다면 남는 시간은 무엇으로 채울까, 행복한 고민을 시작하면 된다. 아니다. 요리를 아예 멈추고, 지금 하는 모든 생각을 비우고, 다시 고민해 보자. 이제 나의 일상은 무엇으로 채우면 좋을까?

완벽하지 않아도 괜찮아

버릴 것 없는 하루

양파 껍질 모으는 재미에 빠져 있다. 양파 다듬으면서 나온 껍질과 뿌리를 밀폐용기에 차곡차곡 모아서 냉동실에 보관해 둔다. 당근 꼭지도 모으고, 대파 뿌리도 같이 모은다. 채소의 껍질이나 뿌리는 손질하면서 대체로 버려지는 부위다. 하지만 버리지 않고 모아 둔 채소의 옷가지는 훌륭한 육수가 된다.

손질할 때마다 버려지는 채소 허물을 보면서 버리지 않고 쓸 수는 없을까 하고 생각했는데, 실제로 마크로비오틱 조리법에서는 껍질도 버리지 않고 활용한다. 뿌리채소인 당근이나 우엉은 유기농 식품으로 사서 껍질까지 먹으려고 한다. 사실 뿌리채소는 껍질에 영양소가 가장 많이 포함되어 있다. 브러시나 칼로 흙만 잘 털어 내면 먹을 수 있다. 양파 껍질로 채수를 우리면 달고 깊은 맛이 난다. 백종원 씨가 유튜브에서 양파 껍질 맛을 한번 보면 양파 껍질을 모으게 될 것이라고 했다. 꼭 쓰레기 없는 일상을 추구하지 않더라도 양파 껍질은 맛 내기 좋은 재료인 것이다.

대학생 때 신촌의 프랑스 가정식 레스토랑에서 양파 수프를 처음으로 먹어 본 날이 떠오른다. 대학가 상권답게 비싸지 않은 가격으로 대중적인 맛을 내는 식당이었다. 메뉴판을 보니 양파 수프 옆에 'BEST'라고 표시되어 있었다. 프랑스 가정식도 생소했지만 양파로 수프를 만든다는 것도, 그 수프가 인기 메뉴라는 것도 신기했다. 메뉴에 대한 도전정신만큼은 누구보다 뒤지지 않는 나는 호기롭게 양파 수프를 주문했다. 바게트와 함께 겹겹이 양파와 치즈가 들어간 따뜻한 양파 수프는, 달았다.

요리에 대해 잘 모르던 때라 양파 수프에서 이렇게 단맛이 날 거라고는 예상하지 못한 데다가 양파 수프라는 메뉴가 이렇게 맛있는 줄도 몰랐다. 마침 추운 겨울이었고, 밖에서 오들오들 추위에 떨다가 운명처럼 만난 따뜻한 양파 수프에게 마음을 다 내주었다. 그리고 그날부터 나의 소울푸드는 양파 수프가 되었다. 소울푸드는 좋아하는 메뉴와는 다르다. 말 그대로 영혼을 위로할 수 있는 정도의 따뜻하면서도 깊고 달큼한 맛이어야 한다. 양파 수프는 그 기준에 정확히 들어맞았다.

혼자 요리를 해 먹기 시작하면서 자연스럽게 양파 수프를 만들어야겠다는 생각이 들었다. 양파 수프의 핵심은 '캐러멜라이징'이다. 얇게 채 썬 양파를 약한 불에서 오래 볶으면 갈색으로 변하면서 단맛이 극대화되는데, 이렇게 볶는 것을 캐러멜라이징이라고 한다. 문제는 이 캐러멜라이징을 하려면 양파를 생각보다 오랫동안, 주의를 기울여서 볶아야 한다는 것이다. 시간이 오래 걸리고 손이 많이 가는 요리는 자주 안 하게 된다. 양파 캐러멜라이징 영상을 올린 백종원 씨는 '이 채널은 양파 캐러멜라이징 같은 거 안 시켜서 좋다는 분들이 있는데, 죄송합니다. 오늘 그거 합니다.'라고 소개하기도 했다. 맛있는 요리는 정성으로 만든다고 하지만 한 시간 가까이 불 앞에서 양파를 볶는 것은 큰 결심 없이는 하기 어려운 일이다. 그래서 양파 수프는 식당에서 흔하게 팔지도 않고 비싼 걸까.

가끔 마음을 단단히 먹고 양파 캐러멜라이징에 도전한다. 맛을 보면 역시 안 할 수가 없다. 약한 불에서 오래도록 조심스럽게 볶은 양파에서 나오는 깊고 풍부한 단맛이란! 갈색이 나도록 볶은 양파는 그 자체로 단맛을 내는 천연 조미료가 되기도 하고, 여기저기에 쓰여 맛의 급을 높여 준다.

좋은 재료는 버릴 게 없다. 양파 껍질로 만든 채수는 표고나 다시마 채수와는 또 다른 매력이 있다. 양파 특유의 단맛이 껍질에서 더 진하게 우러난다. 그래서 단맛을 내는 요리에 쓰면 좋다. 한 가지 문제라면 양파 하나에서 나오는 껍질의 양이 적다는 것. 계속해서 모으고 또 모아야 한다. 모으는 김에 다른 채소의 껍질과 뿌리까지 골고루 모으다 보면 어느새 수집 활동 자체에 열을 올리게 된다. 부추나 양배추처럼 버릴 것 없이 먹을 수 있는 채소를 다듬는 날에는 쓰레기를 만들지 않았다는 사실에 뿌듯하면서도 오늘은 모을 것이 없다는 점이 아쉽기도 하다.

채소를 버릴 것 없이 활용해야겠다는 생각이 든 건 채우장에 다녀오고 나서부터였다. 채우장에는 일회용품이 없다. 모두 각자의 장바구니와 용기를 들고 가서 채소와 소스, 원두, 디저트를 사 온다. 마르쉐 마켓과도 비슷하지만 그 동네의 소규모 시장이라서 재미있는 시도를 많이 한다. 주로 '포장 없이 소량으로 사고팔 수 있는 품목으로 무엇이 또 있을까'에 대한 것이다. 셀러들은 자신이 필요해서 사는 김에 쌀이나 귀리 같은 곡물이나 비정제 설탕, 견과류 등을 대량으로 구매해서 나누어 판다. 소량으로 사면 비닐에 포장될 식재료가 10kg, 25kg 단위로 사면 종이 포대에 담긴 채로 온다. 쓰레기 없는 공동구매인 셈이다.

공동구매 중개를 자처한 셀러가 인스타그램에 공지를 올리면 어떻게들 알고서는 손에 용기를 들고 모여든다. 이렇게 구매하면 환경 오염을 줄일 수 있다는 점도 좋지만, 재료의 이야기를 들을 수 있어서 재미있다. 어디에 사는 누가 재배한 귀리인지, 어떤 방식으로 구매했는지, 언제 생산되었는지, 이 귀리를 가지고 어떻게 요리하면 맛있는지. 혼자서 샀다면 몰랐을 재료의 과거와 현재, 미래에 대한 이야기를 듣게 된다. 재료를 나누어 담고, 무게를 재고, 계산을 하는 시간이 대형 마트에서 포장된 식재료를 살 때보다 오래 걸리지만 지루하지 않다. 올바르게 생산된 식재료에 대한 믿음도 생긴다. 그런 마음으로 요리를 만들어 먹으면 단순히 음식을 먹는 것이 아니라 건강을 관리한다는 느낌이 든다. 내 몸을 위해 영양제를 챙겨 먹는 것처럼. 건강하게 생산된 식재료를 건강하게 운반해서 건강하게 구매해 먹는다는 뿌듯함이 있다.

채우장에서 채소와 곡물을 구매한 이후로 동네 마트에서 식재료를 살 때면 포장재가 눈에 들어왔다. 요즘은 동네의 과일 가게도 과일을 하나하나 예쁘게 랩에 싸 두거나 심지어 먹기 편하게 조각조각 자른 것을 플라스틱 박스에 넣어 판매하기도 한다. 판매자 입장에서는 손이 많이 가고 귀찮을 테지만 더 잘 팔기 위해 수고롭게 포장을 한다. 그렇다면 사 먹는 사람들 입장에서는 더 편한 것이 맞을까? 먹을 때는 편리한 것 같지만 뒤처리를 생각하면 그렇지도 않다. 포장재를 뜯어서 씻고 분류한 다음 날짜에 맞춰 분리 배출을 하러 나가는 노동이 기다리고 있다.

요즘은 포장되지 않은 채소와 과일을 찾는 것이 오히려 어려워졌다. 큰 시장에 가거나 채우장, 마르쉐와 같이 제로 웨이스트를 지향하는 비정기 마켓에 가야 한다. 그러나 매번 그런 시장들을 이용할 수는 없다. 당장 저녁에 먹을 채소를 사러 차를 타고 시장에 갈 수도 없고, 채우장에 갈 때마다 다음 장이 열리기 전까지 먹을 한 달 치의 재료를 살 수도 없다. 그래서 용기 내어 용기를 내 보기로 했다. (어느 카페의

'#용기내' 캠페인을 보고 무릎을 쳤다. 카페의 디저트를 손님이 가져온 용기에 담아 주겠다는 캠페인이었다.) 비닐에 든 토마토 앞에 '한 봉지 1만원'이 적혀 있고, 그 옆의 상자에는 아직 비닐에 담기지 않은 토마토가 쌓여 있었다. 숙련된 가게 사장님의 재빠른 손놀림과 손님을 위해 포장해 주는 배려를 뚫고, 손으로 종이 상자 속 토마토를 가리키며 말했다.

"사장님, 저… 토마토 여기에 담아 주실 수 있나요?"

"아이고, 그러면 용기 무게 때문에 이걸 얼마에 드려야 할지 모르겠는데."

"그냥 용기 무게 포함해서 계산해 주세요. 한두 개 덜 주셔도 돼요."

사장님은 귀찮은 듯 나오셨지만 내가 내민 용기에 토마토를 담다가 '에잇, 무게 애매하니까 그냥 하나 더 담을게요' 하셨다. 그날 이후로 종종 그 가게에 들렀다. 걸어갈 수 있는 거리에 포장 없이 과일을 살 수 있는 유일한 곳이기도 했고, 용기를 내미는 손님이 있다는 것, 용기에 담아 주는 가게가 있다는 것을 서로 경험한 기억이 있기 때문이다.

그 뒤로 기회가 될 때마다 용기를 내보였다. 이미 포장을 해 버려서 그냥 받아 온 적도 있고, 채소나 일부 과일은 가게에 오기 전부터 포장이 된 경우도 많았다. 그렇지만 하다 보니 어느 가게에서 어떤 채소를 포장 없이 살 수 있는지 정보가 축적되어 이전보다 수월하게 버릴 것 없는 장보기 생활을 할 수 있게 되었다. 포장 없이 사 온 식재료를 용기에 넣어 둔 채로 보관했다가 필요할 때마다 꺼내 먹는다. 생활쓰레기를 많이 줄이지는 못했지만 조금씩 노력하니 분리배출 날에 버려야 할 쓰레기가 줄어들었다.

"사장님, 저 여기에 담아 주실… 아, 랩핑 하셨네요."
"영수증은 안 주셔도… 아, 이미 뽑으셨네요. 네네, 주세요."
"사은품은 괜찮아요! 아니에요, 아니에요… 아아, 감사합니다."

여전히 나보다 빠른 손놀림에 지고 있다. 나 편하라고 랩에 비닐에 싸 주시는 손길을, 장사의 달인답게 능숙하게 영수증을 출력하는 손놀림을, 하나라도 더 챙겨 주려는 마음을, 거절하지 못하고 돌아서는 날이 많다. 손에 쥐인 포장재를 보며 어차피 버릴 것을 받아 오다니, 하고 아쉬워도 했지만 재촉하지 않고 조금씩 조금씩 일상에서 버려지는 것을 줄여 나가려고 한다.

양파 껍질을 모으고, 장을 볼 때 용기 내 용기를 내밀고, 물건을 아껴 쓰고, 과하게 포장된 물건보다는 단순한 물건을 고르면서. 버릴 것 없는 하루하루가 쌓이면서 내 안에 무언가가 채워지고 있는 것 같기도 했다. 진짜 중요한 게 뭔지 알아 간다는 느낌이었다. 포장 안의 알맹이를 살펴보게 되고, 껍질과 뿌리도 그 쓰임을 다시 생각해 보게 되었다. 스스로도 버릴 것 없이 쓰이는 사람이 되면 좋겠다는 생각이 든다. 겉치레가 아니라 알맹이가 단단한 사람, 군더더기 없이 행동하고 말하는 사람이고 싶다.

당신과 나 사이

"두유팩에서 애벌레가! 아아악! 여름철에 안 헹군 팩을 가져오면 참사가 벌어집니다."

망원동 알맹상점에서는 두유팩을 받고 있다. 재활용을 위해 우유팩을 수거하는 곳은 여럿 있지만 테트라팩이라 불리는 두유팩 수거처는 찾기가 어려웠다. 수소문 끝에 알맹상점에서 받는다는 정보를 얻었다. (지금은 한살림에서도 우유팩과 함께 두유팩을 수거한다) 두유팩을 반납하려면 팩을 반으로 갈라서 깨끗하게 씻고 말려야 한다. 수거처 대표님 이야기를 들어 보니 두유팩을 휴지로 바꾼다고 해도 실질적인 수익이 나지 않는다고 한다. 사실상 추가 노동을 하고 있는 셈이다. 돈이 되지는 않지만 의미 있는 일들이 지속되려면 거기에 투입되는 노력을 최소한으로 줄여야 한다. 가져다주는 사람이 최대한 손이 가지 않는 상태로 씻고 말리고 접어서 가져가야 한다.

처음에는 잘 몰라서 실수하기도 한다. "다음번에는 이렇게 반을 갈라 씻고 말린 뒤 접어서 가져다주세요"라고 알려주면 대부분은 바로 행동을 고친다. 의미 있는 일을 하면서 다른 사람을 괴롭히고 싶은 사람은 없다. 문제는 잘 몰라서 벌어지는 일이 생각보다 많다는 것. 무관심해서, 알 기회가 없어서, 알려고 들자니 어려워서 잘 모르게 된다. 누군가 하겠지 하고 무심코 생각할 때도 있다. 주말에 재활용 쓰레기를 버리려고 택배 박스를 모아서 가지고 나갔다. 보통 큰 박스 안에 작은 박스를 넣어 겹겹이 쌓은 것을 박스 더미 옆에 같이 올려 둔다. 그날은 박스 더미 옆에 안내문이 적혀 있었다.

"비닐 테이프와 송장을 떼어서 버려 주세요."

아차 싶었다. 그동안 별생각 없이 박스를 내다 버렸는데, 생각해 보니 누군가는 내가 버린 박스의 테이프와 송장을 떼고 있었던 것이다. 아파트 경비원일 수도 있고, 재활용 수거 센터 직원이었을 수도 있다. 무의식중에 누군가 대신 해주겠지 생각했던 것이다. 무안해진 마음으로 안내문을 보는데, 독서모임에서 나눴던 이야기가 떠올랐다. 환경에 관한 주제로 이야기를 나눈 날이었다. 세부 주제로 맞살림에 대한 이야기가 나왔다. 우리가 일상적으로 사용하고 있는 플라스틱과 비닐이 지금은 환경 파괴의 주범으로 여겨지지만 처음 등장했을 당시에는 주부를 집안일로부터 해방시켜 준다고 외치던 혁명적인 도구였다. 씻어서 말리고 보관하는 노동 없이 쓰고 버리면 되니까. 기존에 하던 집안일을 크게 줄여 준다는 것이었다.

> "환경 문제가 내일이 아닌 오늘의 일이 된 지금, 플라스틱과 비닐이 없어진다면 주부의 노동은 그만큼 늘어나는 것 아닐까요? 그러니까 회사로 치면 직급이 낮은 사람이 탕비실의 컵을 더 씻게 된다거나요."
> "요즘 어떤 상사가 그런 일을 시키나요? 집안일만 해도 분담하잖아요.. 맞살림이란 개념이 잘 안 와닿아요."

내가 호스트를 맡고 있는 독서모임이라 호스트로서 그 다음 대화를 끌고 나가야 하는데, 듣고 보니 그런가 싶어서 어떻게 풀어 가야 할지 고민했다. 순간의 정적 속에서 머리를 이리저리 굴리는 와중에 누군가가 말했다.

> "대놓고 시키는 사람은 없지만, 누군가 하겠지 하고 미

루는 사람은 여전히 있지 않을까요? 저희 회사에서 있었던 일인데요. 쓰레기통 위에 누가 자꾸 커피가 남아 있는 테이크아웃 컵을 버리는 거예요. 몇 번 반복되니까 다들 짜증이 나서 범인을 찾기 시작했어요. 쓰레기통 주위를 유심히 지켜보다가 범인을 발견했는데, 상무님인 거예요. 아니, 누가 상무님한테 가서 테이크아웃 컵 버릴 때 내용물 비우고 버리세요, 라고 말할 수 있겠어요? 결국 범인은 찾았지만 직원들이 계속 돌아가면서 버렸죠."

회사에서 직급이 높은 사람들과 일을 하며 나는 누군가에게 일을 시킬 만한 위치가 아니라고 생각했다. 환경을 위한 노동이 늘어난다면 일을 하게 되는 쪽은 나일 거라고 생각했다. 분리수거장의 정중한 요청을 보고 알았다. 모든 관계는 상대적인 것이구나. 그 뒤로는 누군가 해야 하지만 내가 하고 있지 않은 일들에 대해 생각해 보게 되었다. 그러려면 내가 관여하고 있는 일의 시작과 끝을 알아야 한다. 일의 전체 그림을 볼 줄 알아야 하는 것이다.

세 곳의 대기업을 거쳐서 일해 온 나는 '맡은 부분의 일을 깔끔하게 처리하기'에 익숙해져 있었다. 처음 몇 년 동안은 일의 전체를 그려 내기에는 경험이 부족했고, 시야가 넓어지기 시작하면서는 마음의 여유가 부족했다. 일의 전체적인 그림은 눈에 들어왔지만 당장 나에게 주어진 일 외의 것들을 신경 쓰기 어려웠다. 무엇보다도, 회사 일이 내 일이라는 생각이 들지 않았다. 자연스럽게 지금 주어진 일과 그것을 바탕으로 설정된 목표와 성과에 집중했다. 시선이 이동하고 시야가 조금씩 넓어지게 된 건 채우장, 마르쉐와 같이 상대의 얼굴을 직접 보고 이야기를 나누는 경험이 쌓이면서였다. 한 번 보고 두 번 보면서 생산자, 판매자와 소비자의 관계보다는 채소를 나눠 주는 사람과 나눠 받는 사람의 관계처럼 느껴졌다. 인스타그램으로 생산자가 농사짓는 모습을 보고, 소스를 만드는 과정을 듣고, 식재료가 시장에 오기까지 어떤 에피소드가 있었는지 알게 되었다.

즐거운 이야기가 많았지만 안타까운 일도 있었다. 비가 많이 와서 농작물이 몽땅 물에 잠기게 된 사연, 비닐 포장 대신 종이 포장을 했더니 채소가 풀이 죽어 도착했다는 피드백에 고민하는 사연. 제품만 받아 봤다면 몰랐을 이야기를 알고 나자 조금씩 더 이해하게 되었다. 어쩌면 회사에서도, 친구 관계에서도, 숨어 있던 이야기를 알았더라면 우리는 더 이해할 수 있었을지 모른다. 애벌레가 나온 두유팩을 정리하는 알맹상점 대표님을 생각하며 더 열심히 두유팩을 씻어 말리게 된 것처럼.

코로나로 정다운 마켓들이 열리지 않게 되자 채소 꾸러미를 신청했다. 채소 꾸러미는 농부가 직접 농사지은 농작물을 박스에 담아 택배로 보내 주는 방식의 채소 직거래다. 비닐 포장 대신 면 주머니와 종이에 둘둘 말아 보내는 것도 마음에 들었고, 쉽게 볼 수 없는 다양한 채소를 맛볼 수 있는 것도 즐거웠다. 무엇보다 좋았던 것은 농부의 편지였다. 편지 봉투 겉면에 예쁜 들꽃이 앙증맞게 꽂혀 있었다. A4 용지 두세 장 분량의 긴 편지에는 농사와 꾸러미 포장, 채소 요리에 대한 정성스러운 이야기들이 담겨 있었다.

> "골든 쥬키니는 기름을 두른 팬에 구워 소금을 살짝 뿌려 먹으면 맛있어요."
> "블루베리는 쉽게 물러지는 성질이 있어 고민을 하다 보냅니다. 그래도 6월은 블루베리의 계절이니까요. 지난밤 블루베리와 보리수를 넣어 묽은 잼을 만들어 봤어요. 적은 양이지만 같이 넣어 보냅니다."

편지 읽는 재미에 채소 꾸러미를 주문하게 되기도 한다. 워낙 밭일로 바쁜 분들이라 SNS에 소식을 자주 올리지 못하지만 긴 편지로 그간의 농사일과 채소 이야기를 전해 들으면 오랜만에 만난 친구와의 대화처럼 다정하게 느껴진다. 편지는 채소 설명서이기도 하고, 요리 레시피이기도 하다. 꾸러미를 받으면 편지를 냉장고 문에 붙여 두고 채소를 꺼내 먹을 때마다 읽는다. 이 감자는 어떻게 요리해야 맛있다고 했는데, 이 비트는 이파리도 먹을 수 있다고 본 것 같은데. 요즘 냉장고는 손잡이 옆에 터치스크린이 있어서 냉장고 안에 뭐가 있는지, 그 재료로 어떤 요리를 할 수 있는지 알려 준다는 광고를 본 적이 있다. 꾸러미 속 편지는 나에게 그런 기능을 제공하는 셈이다.

이번 채소 꾸러미에는 골든 쥬키니, 빨강 비트와 노랑 비트, 노랑 근대, 여러 종류의 감자(두백, 하령, 수미), 블루베리, 그리고 블루베리와 보리수로 직접 끓인 잼이 들어 있었다. 허브와 계피를 끓여 만든 벌레 기피제도 있었다. '여름에 자주 출몰하여 영 성가시게 하는 벌레를 쫓아 줍니다'라는 귀여운 설명이 유리병에 붙어 있었다. 채소와 함께 마음을 담아 보내려는 따뜻함이 전해졌다.

마트에서 채소를 살 때는 채소, 생산자, 소비자가 모두 각각의 점처럼 존재한다. 채소 꾸러미를 이용하면 각각의 점이었던 생산자와 내가 선으로 연결된다. 그리고 그 사이에 채소가 놓인다. 서로가 독립적으로 존재하지 않고 이어져 있기 때문에 채소는 단순한 상품이 아니라 이야기가 된다. 이야기를 통해 우리는 서로를 좀 더 이해할 수 있게 된다. 종이에 둘둘 말린 채소가 힘없이 도착해도 차가운 물에 담가 두면 금방 살아난다는 것을 안다. 긴 장마로 농사가 힘들었을 텐데 포기하지 않고 꾸러미를 보내 준 노력을 안다. 이 채소를 보낸 당신과 나 사이, 우리는 선으로 연결되어 있다.

연결되어 있다는 감각은 자칫 구차해 보일 수 있는 것들을 다정하게 만들어 준다. 쓰레기를 수거하고 처리하는 일에 우리가 너무나도 쉽게 부여하는 구차함의 이미지를 떠올리면 안타깝다. 깨끗하게 모아 온 두유팩과 원두 찌꺼기, 페트병을 수거 센터에 전달하고, 수거 과정을 알게 되고, 재활용해 새롭게 탄생한 휴지와 커피 화분, 치약짜개를 선물 받는 일은 다정하다. 다정한 일들은 일상을 따뜻한 에너지로 채워준다.

생산자와의 관계가 있기 때문에 제품의 본질은 중요하지 않다는 것이 아니다. 오히려 반대다. 다정한 이야기들을 건너 나에게 온 채소를 믿을 수 있기 때문에 마케팅도 포장도 필요 없다. 채소의 맛과 건강함에 집중할 수 있게 된다. 정말 중요한 것이 무엇인지를 서로 맞춰 가는 것이다.

좋은 것은 어떻게든 다 소문이 난다. 채소 꾸러미는 인기가 많아서 일주일에 한 번 발송되는 꾸러미의 예약이 금방 금방 찬다. 몇 주 동안 일이 바빠서 신청을 못 하다가 사이트에 들어가 보니 가장 빠르게 받을 수 있는 일정이 한 달 뒤다. 이번에는 또 어떤 채소들이 어떤 이야기를 담고 올지 벌써부터 기다려진다.

✢✢✢ 레몬 ✢✢✢

열매를 놓아주는 마음으로

레몬 나무를 키우고 있다. 직접 키운 레몬으로 레몬청을 담그겠다는 야심 찬 계획이었다. 양재 꽃시장에서 내 키만큼 크게 자란 레몬 나무를 만났다. 주먹만 한 레몬이 매달려 있는 것을 보며 한껏 기대했다. 우리 나무도 잘만 키우면 노란 레몬이 한두 개는 열리겠지. 그러나 레몬 열매는 열리지 않았다. 꽃잎이 지고 손톱만 한 초록색 열매가 여러 개 맺혔는데, 딱 거기까지였다. 손톱 크기를 넘어가려는 순간 레몬 나무는 열매를 바닥으로 툭 떨어뜨렸다. 공동 책임자인 남편에게 물었다.

"왜 더 자라지 못하는 걸까? 영양제도 주고 물도 제때 줬는데. 집 안에서 레몬꽃 보고 싶은 마음도 참아 가면서 해 잘 드는 베란다에 두고 키웠잖아."
"열매를 포기하는 것 같아. 잎이 시들지도 않았고 열매만 제외하면 건강하잖아. 우리 집이 열매를 맺을 만큼 좋은 환경은 아니라서 잎이라도 잘 자라게 하려고 열매를 포기하는 거 아닐까."

아니야, 우리 집에서도 잘 자랄 수 있어, 마음속으로 그렇게 믿으며 레몬 나무를 매일매일 지켜봤다. 비슷한 성장 패턴이 반복되었다. 꽃이 피고, 온 집 안을 채울 만큼 진한 향기가 사라질 때쯤 꽃잎이 떨어지고, 그 자리에 초록색 열매가 맺혔다. 조금씩 조금씩 크기를 키워 가다가 열매는 사라졌다. 어디 갔지? 한참을 찾다가 창틀 사이에 떨어진 열매를 발견하곤 했다. 그러다 갑자기 레몬 나무의 잎이 우수수 떨어지기 시작했다. 더 이상 꽃도 피지 않았고, 남아 있는 열매도 없었다. 앙상한 가지만 남은 채 한 달의 시간이 흘렀다. 이대로 영영 시들어 버릴까 봐 가지뿐인 나무에게 계속 물을 주고 햇볕을 쪼여 주었다.

"어, 이것 봐! 새잎이 돋아나고 있어!"

남편의 반가운 외침에 나가 보니 정말 그랬다. 겨울나무처럼 가지만 남아 있더니 어느새 연두색 잎이 자라고 있었다. 그날 이후로 레몬잎이 매일 엄청난 속도로 자라났다. 몇 주가 지나자 금세 잎이 무성한 처음의 레몬 나무로 돌아왔다. 남편 말대로 레몬 나무는 에너지를 배분한 걸까. 열매를 떠나보내고 차례로 잎을 모두 떨어뜨려 숨을 고른 후 새잎으로 풍성해진 나무는 어느 때보다도 건강하게 자라고 있다. 더 오래 건강하려고 중요한 선택을 했을지도 몰라. 열매를 포기하고 잠깐 멈추어 가자, 그리고 다시 잎이 자라게 하자, 스스로 다독였을지도 몰라.

포기하는 일은 나아가는 것보다 힘이 든다. 나아갈 때는 그 물살을 타고 가지만 포기할 때는 파도의 반대 방향으로 힘껏 헤엄쳐야 한다. 뭍으로 돌아와 바다를 보면 더 멀리 나가지 못해서, 새로운 세계를 탐험하지 못해서 아쉬우려나. 꼭 그렇지는 않을 것 같다. 다시 돌아온 뭍에서의 마음이 달라졌기 때문에. 마음의 중심이 달라지고, 일상이 달라질 것이기 때문이다. 더 멀리 나아가는 것만큼 중요한 일상이 있을 수 있다.

채소로운 삶을 살고 싶다는 생각을 하고 나서 내 일상은 점점 비워 내는 모습을 띤다. 더 자주 채소를 먹고, 버릴 것 없이 요리하고. 건강하게 지내려고 하다 보니 의도하지 않았는데도 자연스럽게 일어난 일이었다. 건강한 채소를 나에게도 환경에게도 건강한 방식으로 구매하다 보니 쓰레기가 줄었다. 가공식품을 적게 먹고 신선한 재료를 그때그때 사 먹으면서 냉장고도 부엌 선반도 비워졌다. 밀폐용기, 냄비, 그릇은 필요한 만큼만 내놓게 되었다. 아름다운 그릇을 좋아하고, 볼 때마다 갖고 싶어 했지만 요즘은 실컷 구경하고 잘 사지 않는다. 예쁜 그릇 대신 단정한 그릇에 예쁜 요리를 올리면 된다. 채소는 색도 모양도 다양해서 요리 자체로 보는 즐거움이 있다. 단출한 부엌을 보고 있으면 마음이 편하다.

우리 집 주방은 언제 보아도 예쁘다. 부엌 창문 아래에는 설거지 비누와 핸드워시, 천연 수세미와 천연 고무장갑이 놓여 있다. 천연 제품을 쓰다 보니 연한 베이지 톤으로 자연스럽게 색감이 통일되었다. 얼마 전에는 식기건조대를 없앴다. 그릇은 그때그때 씻어서 말리다 보니 싱크볼 안쪽에 달린 작은 건조대로도 충분했다. 설거지 양이 많은 날에는 건조매트를 사용한다. 실리콘 재질의 매트는 필요할 때 펼쳐서 쓰고 안 쓸 때는 말아서 보관할 수 있다. 한창 요리를 시작할 때는 장비 욕심이 앞서서 핸드블렌더, 푸드프로세서, 스탠드믹서 같은 기구들을 들여놓았다. 지금은 푸드프로세서 하나로도 충분하다. 쓰이지 않는 기구들이 주방에서 한 자리씩 차지하고 있는 셈이다. 언젠가 필요한 사람에게 줘야지 벼르고 있다.

한번 변화가 일어나기 시작하면 사방으로 퍼진다. 옷과 화장품을 비롯해 다른 물건도 지금 쓰는 제품을 제외하고는 더 이상 사지 않게 되었다. 세일을 해서, 향이 좋길래, 추천을 받아서, 한정 수량이라 사 모은 물건으로 옷장과 서랍이 가득 찬 시절이 있었다. 그때는 날을 잡아 물건을 버리고, 정리하고, 또다시 사서 채우곤 했다. 계절이 바뀔 때마다 하루 반나절을 온통 써서 대청소를 한 후에야 어떤 물건이 어디에 있는지 알 수 있었다.

지금 우리 집에는 짐이라고 부르는 물건이 없다. 부엌에 있는 주방가전 몇 개와 선물 받은 냄비, 프라이팬 세트를 제외하고는 모두 늘 쓰는 것들이다. 자주 사용하는 좋아하는 물건들 사이에서 사는 기분은 꽤 괜찮다. 어디를 둘러보아도 좋아하는 물건뿐이다. 하나하나 오래 고민하고 들여서 오래 사용하고 있다. 비워 낸 일상에 무엇을 채울지 고민하는 일도 즐겁다. 회사를 다니며 브런치와 블로그에 글을 써서 올리고, 비건 베이킹을 하고, 독서모임을 만들어 진행하고, 티 소믈리에 자격증을 따고, 티 워크숍을 여는 나를 보면서 다들 묻는다.

> "어떻게 그 많은 일들을 할 수가 있는 거지? 혹시 헤르미온느의 시계가 있는 거야?"

가끔 일정이 몰리면 나조차 감당이 어려울 때도 있다. 하지만 대개는 여러 일을 하면서도 피곤하거나 힘들지 않다. 이전에도 일상의 대부분을 차지하던 활동을 외부에 내보이거나 누군가와 같이하자고 했을 뿐이다. 모일 장소를 정하고, 일정을 잡아 공지하고, 의견을 조율하는 일들이 추가되었지만 부담스러울 정도는 아니다. 해야 한다고 생각했던 일을 과감하게 줄인 영향도 있다. 주말의 상당 부분을 차지했던 쇼핑 시간이 줄어드니 다른 일에 쓸 시간이 늘어난 것이다.

가장 먼저 백화점 쇼핑이 줄었다. 한두 달에 한 번씩 옷과 신발, 가방을 사러 백화점이나 아울렛에 갔다. 아침 출근길마다 휴대폰으로 쇼핑몰 구경을 하기도 했다. 지금은 좋아하는 브랜드 몇 개를 정해 두고 필요할 때 산다. 입던 옷이 낡거나 상했을 때. 가지고 있는 옷이 마음에 들어서 다른 컬러를 살 때도 있다. 직장 생활을 하면서 기본적으로 있어야 할 옷은 이미 모아 두었고, 나에게 옷은 더 이상 자아 표현의 수단이 아니었다. 패션으로 스스로를 표현하는 사람이 있고, 그들에게는 옷이 세상과 자신을 연결해 주는 좋은 도구가 될 수 있다. 내가 선택한 도구는 읽고 쓰기, 베이킹과 차였다.

옷 쇼핑이 줄어드니 화장품 쇼핑도 줄어들게 되었다. 무난한 기본 아이템 위주로 입다 보니 화장도 간소해야 어울린다는 것을 알았다. 이런 이야기를 하면 10년 전 나를 잠깐 알던 사람들은 깜짝 놀랄 것이다. 세상에 같은 컬러는 없다는 말에 격하게 공감하며 화장품 브랜드에서 대외활동을 하고, 화장품 회사에서 일하고 싶어서 여러 차례 지원했었다. (결국 탈락한 걸 보면 나의 길이 아닌 거겠지) 이래서 사람은 절대 안 변한다는 말, 함부로 하면 안 된다. 사람은 변하기도 한다. 그래서일까. 나이가 들수록 대쪽 같은 사람보다 '그럴 수도 있겠다'라고 말하는 사람을 더 가까이 두고 싶어진다.

친한 친구의 결혼식이 끝나고 근처 카페에 모여서 친구들과 잠깐 이야기를 나누던 때였다. 긴 장마에 빨래가 잘 마르지 않아서 고민하다가 집 앞 코인 세탁소의 건조기를 이용했다고 하자 다들 눈이 동그래지며 물었다.

> "건조기가 없다고? 아니, 건조기 없이 어떻게 살아?"
>
> "음, 처음부터 없이 살면 불편한 것도 잘 몰라. 맛을 봐야 이게 편하구나 하지."

요즘 결혼하는 친구들 이야기를 들어 보니 식기세척기와 건조기는 냉장고나 세탁기와 동급인 필수 가전이라고 한다. 아, 다이슨 청소기와 에어랩도 포함된다던데. 우리 집에는 하나도 없는 것들이다. 그렇다고 불편한가 생각해 보면 그렇지 않다. 사실 집에서 바닥 청소할 때 빗자루를 쓰는데. 이 말까지 하면 더 이상의 대화가 불가능할 것 같아서 참았다. 오히려 필수 가전이라고 불리는 것들이 없어서 집안일을 더 간단하게 할 수 있다. 식기세척기를 사용할 만큼 그릇을 여러 장 쓰지 않으니 그때그때 그릇 몇 장 씻으면 10분도 걸리지 않는다. 매일 자기 전에 빗자루로 집 전체를 쓰는데, 이것도 10분 정도 걸린다. 밤늦게 하는 빗자루질은 청소기보다 가볍고 조용하다. 시간 날 때 중간중간 빗자루질 하는 습관을 들이면 언제나 깨끗한 집에서 살 수 있다.

일을 줄여 준다는 가전을 사는 대신 일 자체를 줄이면 된다. 물건의 가짓수를 줄이면 그만큼 관리해야 하는 시간도 줄어든다. 『먹고 산다는 것에 대하여』에서 작가 이나가키 에미코는 냉장고도 없이 산다. 거기까진 어려울 것 같고, 나는 지금이 딱 좋다. 햇살 좋은 주말 오후에 빨래를 말리는 기분도 좋고, 그릇을 소창 행주로 닦아 차곡차곡 포개 놓은 부엌을 보는 것도 좋다. 빗자루 하나만으로 온 집 안 구석구석 먼지를 찾아낼 때의 묘한 쾌감도 좋다.

좋아하는 물건과 활동으로 일상을 채우고, 필요하다고 생각했지만 없어도 잘 살 수 있다면 놓아주는 마음. 이것은 기술보다는 태도에 가깝다. 나에게 정말 중요한 것이 무엇인지 계속 관찰해 보는 태도. 어떤 일상을 만들고 싶은지, 누구와 함께하고 싶은지 스스로에게 물어보는 일을 앞으로도 계속하며 살고 싶다.

+++ 템페 +++

완벽하지 않아도 괜찮아

나의 첫 템페 경험은 합정의 쿡앤북에서였다. 쿡앤북은 식물성 재료로 요리하는 비건 식당이다. 그즈음 비건 카페나 식당을 찾아다니며 식사하는 게 새로운 취미였다. 엄격한 채식인은 아니지만 채소로 이루어지는 다양한 시도를 맛보는 일은 언제나 즐겁다. 그러나 곡물 패티, 콩고기와 같은 대체육은 그다지 반기지 않는 편이다. 대체육은 말 그대로 고기의 맛과 식감을 대체하기 위해 만든 가공식품이다. 자연스럽고 건강하게 먹기 위해 채소 생활을 하는 것인데, 고기의 맛과 식감을 느끼기 위해 곡물과 콩을 복잡하게 가공하고 포장해서 유통한 식품을 먹는다는 것이 내키지 않았다.

채소 요리를 고기와 비교해서 '식감이 비슷하다' '고기만큼 맛있다' 또는 '고기보다 맛있다'라는 표현을 쓰는 것에도 비슷한 감정이었다. 고기 먹는 사람들에게 채소도 고기와 비슷하니 먹어 보라고 권하려는 의도겠지만, 채소를 고기의 비교 대상으로 두는 것 자체가 채소에 한계를 지우는 일 같았다. 오히려 그런 접근이 채소의 다양한 맛과 가치를 납작하게 만드는 것 아닐까. 고기나 유제품과 비교하지 않아도 세상에는 그 자체로 매력적인 채소가 정말 많은데.

템페가 어떤 재료인지 정확하게 알기 전, 콩고기와 비슷한 재료일 거라 추측하고 굳이 사서 먹어 보지 않았다. 쿡앤북을 방문했을 때에도 템페 요리를 먹겠다는 생각은 없었다. 처음 가는 식당에서는 메뉴를 추천받는 편이다. 자기만의 가치관을 두고 운영하는 식당이라면, 사장님이 자신 있게 선보이는 메뉴를 먹어 볼 만하다.

"오늘 처음 와 본 거라, 어떻게 주문하면 좋을까요?"
"저희 메뉴 중에 제일 좋아해 주시는 건 템페 튀김이에요. 돈가스 같은 식감과 맛이에요. 그리고 콜리플라워 튀김도 같이 드시면 잘 어울려요."

엄마와 함께하는 식사였다. 엄마는 비건 식당에 익숙하지 않을 것 같아서 최대한 무난한 메뉴를 고르고 싶었다. 돈가스와 비슷한 식감의 템페라면 괜찮을 것 같았다. 추천받은 대로 템페 튀김과 콜리플라워 튀김을 주문했다.

> “템페 튀김은 두부 튀김이나 콩고기랑은 다른데 정말 맛있다. 단면을 보니 안에 콩이 오밀조밀 모여 있네. 부드럽고 냄새도 고소하고. 잘 시켰다!”

맛있는 음식 덕분에 엄마와 나는 오랜만에 한껏 신이 난 기분으로 식사했다. 템페 튀김은 사장님 말씀대로 돈가스와 비슷하게 생겼다. 얇게 자른 템페에 빵가루를 묻혀 튀긴 것 같았다. 소스도 돈가스 소스와 비슷한 맛과 향이 났다. 함께 주문한 콜리플라워 튀김은 겉은 바삭한데 안은 부드럽고 촉촉해서 두툼한 감자 튀김 같기도 했다. 비건 식당이 처음인 엄마도, 익숙한 나도 두 메뉴 모두 맛있게 즐겼다.

템페에 대한 좋은 기억이 생긴 후부터 템페를 접할 기회가 있으면 기꺼이 먹곤 했다. 두 번째로 템페를 만난 것은 마르쉐 농부시장에서였다. 템페 부스에서 직원이 시식용 템페를 건넸다. 배고픈 상태에서 먹은 템페 한 조각의 만족감이란. 같이 간 친구와 나는 그 자리에서 템페를 두 봉지씩 샀다. 도대체 템페는 어떻게 만들었길래 이토록 맛있는 걸까.

찾아보니 템페는 트렌디한 비건 식재료가 아니었다. 무려 천년의 역사를 자랑하는 인도네시아의 전통 음식이다. 콩과 템페균을 한곳에 넣어 발효시키는 단순한 방식으로 만든다. 콩 발효식품이라는 점에서 청국장이나 낫토와 비슷한데 모양과 질감은 다르다. 청국장이나 낫토보다 향이 강하지 않다는 점에서도 차이가 있다. 한 덩어리로 발효가 완료된 템페는 주로 얇게 저미거나 큐브 모양으로 잘라서 튀기거나 볶아 먹는다. 집 앞에 수제 두부 가게가 있다. 단일 메뉴인 손두부로 시작해서 지금은 콩물, 청국장, 연두부, 순두부, 비지, 두부과자, 낫토, 대두 등 콩과 관련한 거의 모든 메뉴를 팔고 있다. 이제 템페를 들일 때가 되었다고 사장님께 조심스럽게 말해 볼까.

템페를 설명할 때 두부의 맛, 치즈의 풍미, 고기의 식감이라는 표현이 자주 쓰인다. 템페에 애정을 가진 채로 다시 보니, 동물성 재료를 빌려 맛을 설명하는 것이 그저 하나의 표현 방식일 수 있겠다. 접해 보지 않은 새로운 맛을 표현하기 위해서는 아는 맛의 도움이 필요한 것이다. 완벽한 비건이 아니어도 괜찮다고, 건강하게 채소를 즐기면 그것으로 충분하다고 말해 놓고 내심 채식은 이래야 해, 식물성 재료에 대한 접근은 저래야 해, 하는 기준을 두었던 것은 아닌지 돌아보게 된다.

기준 때문에 힘들어하는 비건 지향인을 많이 보았다. 채식 카페 운영자가 계란을 먹는다는 이유로 비난받다가 정신적 고통을 호소하며 카페 운영을 잠정 중단한 사례도 있다. 채식하자면서 동물 가죽으로 만든 가방은 왜 쓰냐, 우유는 왜 먹느냐는 평가의 눈초리가 무서워서일까. 비건에는 단계도 있다. 이 분류에 따르면 나는 플렉시테리언이다.

채식의 단계

플렉시테리언Flexitarian

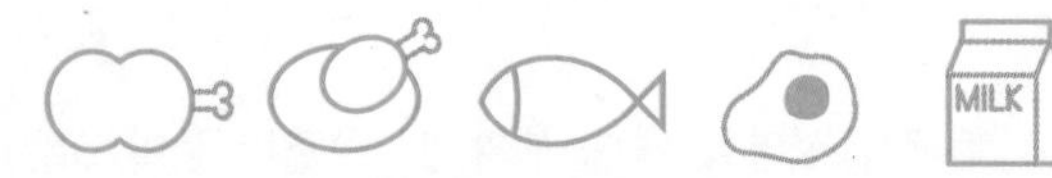

평소에는 채식을 지향하지만 상황에 따라 육식을 허용

폴로Pollo

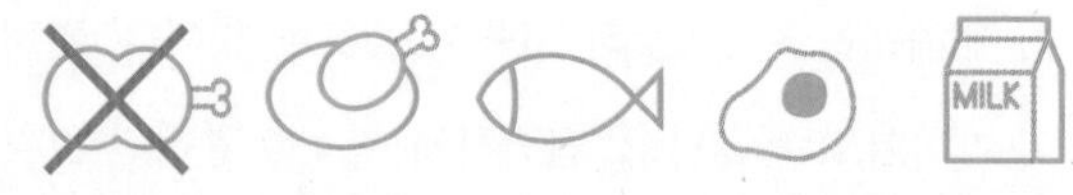

동물성 식품 중에서 붉은 고기만 먹지 않고 가금류, 생선,

달걀, 유제품은 허용(소, 돼지 NO/닭 YES)

페스코Pesco

붉은 고기와 가금류를 먹지 않고 생선, 달걀, 유제품은 허용(소, 돼지, 닭 NO/생선 YES)

락토오보Lacto-Ovo

육류와 해산물을 먹지 않고 달걀과 유제품은 허용

락토Lacto

동물성 식품 중에서 유제품만 허용

비건Vegan

동물성 식품, 동물실험을 거친 식품을 먹지 않으며, 식품 외에도 동물성 재료로 만든 제품에 대한 소비 거부

무엇을 완벽하게 지향하는 일이 가능할까? 자본주의, 효율성, 다수의 논리까지 가지 않아도 당장 이 도시에서 내가 타인의 도움 없이 할 수 있는 일은 아무것도 없다. 남이 만든 집에서 남이 기른 식재료로 요리를 하고, 내가 가지고 있는 것 중에 온전히 스스로 만든 것은 단 하나도 없다. 개인이 개인에게 완벽할 것을 요구하면 개인은 고립된다. 논점이 흐려진다. 개인이 모여서 기업에게, 정부에게, 결정권을 가진 소수의 사람들에게 요구해야 한다. 공장식 축산 시스템을 중단하자고, 과도한 포장을 줄이자고 말해야 한다. 같이 목소리를 낼 사람들을 찾고 이야기를 확장하는 데 에너지를 써야 한다.

세상에는 다양한 삶이 존재하고, 어딘가에는 완전무결하게 살아가는 사람이 있을 수도 있다. 같은 지향점을 가진 사람들이 모여서 필요한 것을 직접 만들어 쓰고 서로 돕는 사회가 가능할 수도 있다. 완벽하게 자급자족하는 삶, 그 누구의 도움도 필요 없는 삶. 그러나 그것은 무해한 고립이지 않을까. 세상에 무해한 사람이 되려는 시도는 그 용기만으로도 멋지다. 하지만 스스로 고립된다면 세상은 변하지 않는다. 세상이 변해야 한다고 저 너머에 말을 전할 사람들이 갇혀 있기 때문이다.

우리는 모두 연결되어 있다. 내가 환경을 오염하면 오염된 환경이 나를 오염시킬 것이다. 내가 누군가를 학대하면 나도 학대당하기 쉬운 사회를 만드는 것이다. 깨끗한 세상에서 서로를 존중하며 살고 싶기에 나부터 타인과 주변을 존중해야겠다는 마음. 그 마음의 시작을 기억해야 한다. 어디서 시작했는지 잊으면 어디로 가야 할지도 희미해진다.

나의 목표는 완벽한 비건이 아니다. 단 하나의 쓰레기도 만들지 않는 삶이 아니다. 나의 목적지는 고민하고 알아차리는 삶이다. 내가 먹는 음식이 어떻게 만들어졌는지, 공장식 축사에서 동물들이 어떻게 사는지, 비닐과 플라스틱이 모여서 썩지 않고 어디로 가는지. 관심을 가져야 비로소 보이는 것들을 마주하고, 그것에 대해 이야기 나누고, 고민해 보자는 것이다.

자기가 먹을 동물을 직접 죽이고 손질해야 한다면 고기를 먹는 사람이 없어질 거라고 누군가 말했다. 그럴 수도 있고, 아닐 수도 있다. (전쟁, 정치적 학대, 특정 집단을 향한 혐오를 보면 인간이 집단 속에서 얼마나 잔인해지는지 알 수 있다) 그렇지만 이 고기가 어떻게 내 앞에 오게 되었는지 알고 먹는 것과 모르고 먹는 것은 다르다.

보이는 것에 집중하면 무력해진다. 제로 웨이스트와 비건을 지향하는 사람들이 무력감으로 힘들어하는 모습을 자주 본다. 아무리 노력해도 눈앞에 쓰레기와 비닐 포장이 끄떡없이 자리를 지키고 있는 것을 볼 때면 좌절감을 느낀다고 한다. 분노를 느끼는 사람도 많다. 환경을 위해 노력하는 사람과 환경을 오염하는 사람이 똑같이 오염된 곳에서 살아야 하는 건 불공평하다고 말한다. 무력감과 분노는 에너지 블랙홀이다. 한번 빨려 들어가면 걷잡을 수 없다. 보이지 않는 것을 볼 줄 알아야 한다. 요리가 되어 식탁 앞에 먹음직스럽게 올려진 '고기'라는 이미지를 헤치고 '동물'을 바라봤던 그 눈으로, 다시 한 번 섬세하게 바라보아야 한다. 우리가 무엇을 할 수 있는지. 당장 눈앞에 보이지는 않지만 함께 만나서 고민하고 이야기 나누면 보이는 것들, 되돌려 놓을 수 있는 것들을 보아야 한다.

두유팩 재활용 방법을 인스타그램으로 공유한 적이 있다. "다 먹고 난 두유팩(테트라팩)을 깨끗하게 씻고 말려서 알맹상점과 같은 수거 센터에 보내면, 휴지로 만들어집니다." 격려와 응원의 댓글이 달렸다. 대개 몰랐던 정보인데 알려줘서 고맙다는 이야기, 실천을 응원한다는 내용이었다. 그중에 눈에 띄는 댓글이 있었다.

"그런데요, 저는 저기에 붙어 있는 빨대가 불편해요."

틀린 말이 아니다. 그런데 왜 이렇게 기운이 빠질까. 댓글을 남긴 분의 마음도 충분히 이해한다. 두유팩을 재활용해도 빨대는 여전히 버려질 것이고, 두유를 마실수록 환경은 오염될 것이다. 안타까운 일이다. 그 안타까움을 어떻게 하면 불편이라는 단어보다 발전적으로 표현할 수 있을까. 반갑게도, 음료에 부착된 빨대에 맞서는 의미 있는 시도들이 일어나고 있다. 두유팩에 빨대를 부착하는 두유 제조업체에 빨대를 반납하자는 '빨대 어택 캠페인'도 있다. 빨대가 없는 두유도 만들어 달라는 것이다. 이들의 당당한 요구에 제조업체는 방법을 고민하겠다고 답했다. 대용량 두유를 이용하는 것도 대안이 될 수 있다. 대용량 두유팩에는 플라스틱 뚜껑은 있지만 빨대는 없다.

변화는 함께해 보자며 손을 내미는 것에서부터 시작된다. 이왕이면 그 과정이 즐거웠으면 좋겠다. 사람들은 즐겁고 재미있는 경험에 자신이 가진 것을 기꺼이 내준다. 그것이 시간이든 돈이든 노력이든 간에.

독서모임 마지막 회차에 포틀럭 파티를 제안했다. 각자 가능한 만큼 음식을 가져와 나누어 먹기로 했다. 좋은 사람들이 모여 대화하는 것 자체로 충분히 즐겁지만, 거기에 맛있는 음식과 달콤한 디저트가 더해지면 잊을 수 없는 시간이 된다. 마침 그날은 회사의 단체 휴무일이었다. 여유롭게 쑥곶감 브라우니를 구워서 밀폐용기에 담아 갔다. 오늘을 위해 휴가까지 냈다는 H는 멀리 의정부에서 이대까지 와인을 가져왔다. E는 가을밤과 어울리는 무화과를 한 박스 가져왔다. “요 앞 마트에서 샀어요.” 민망한 듯 스티로폼에 담긴 무화과를 건넨다. “역시 가을에는 무화과죠. 감사해요.” 다들 반가운 눈으로 받아 든다. 무화과를 나무접시에 옮겨 담았다. M은 곧 추석이라며 송편을 가지고 왔고, Y는 한살림에서 고민 끝에 골랐다며 녹차 쿠키를 꺼냈다. 모두 반갑다. 테이블에 음식을 정리하고 있는데, 바로 옆 연어 가게 사장님이 연어 덮밥과 초밥을 들고 오셨다. 한 걸음 거리라 가게에서 먹는 것처럼 예쁜 그릇과 쟁반에 담아 오셨다.

> “그릇째 배달해 주시니 좋네요. 비닐도 없고 일회용품도 없고.”

그날 우리의 실천이 완벽하지는 않았다. 완벽한 제로 웨이스트도 완벽한 비건도 아니었다. 그렇지만 포틀럭 파티는 성공적이었다. 코로나 이후 배달이 늘면서 일회용품 사용도 늘고 있다. 거기에 일조하고 싶지 않아서 각자 조금씩 먹을 것을 가져오자고 제안했던 것이다. 집에서 싸 온 음식도 있었지만 퇴근길에 사 오느라 종이 박스에 든 송편, 스티로폼 상자에 든 무화과도 있었다. 하지만 괜찮다. 우리는 끊임없이 노력 중이다. 그날의 모임에서도 그랬다. 여러 번 빨아 쓰는

면 화장솜을 소개받았고, 친환경 물품을 구매하기 전에 가지고 있는 물건을 아껴 쓰자고 약속했고, 각자 읽은 책 중에서 좋았던 책을 나누었다.

매일매일 채소를 가까이하면서 일상을 조금씩 바꾸어 나가고 있다. 채소를 조금 더 먹고, 더 맛있게 먹고, 더 건강하게 구매하고, 채소가 나에게 오기까지의 이야기를 궁금해하고, 그 과정에서 버려지는 것이 줄어들기를 바라게 되었다. 기분 좋은 경험들 위로 완벽하진 않지만 단단한 시도들이 쌓인다. 우리는 천천히 걸어가고, 자주 미숙하다. 하지만 모르던 시절로 돌아가지는 않는다.

템페 비스코티와 비건 후무스. 템페를 얇게 저며
오븐에서 낮은 온도로 장시간 구워 만들었다.

✧✧✧ 오이 ✧✧✧

어른이 되어 만난 친구

32년째 '오이 싫어' 외길을 걸어온 친구와 식당에 갔다. 우리는 한 상 차림으로 나오는 정식을 시켰다. 종지만큼 작은 그릇에 오이냉국이 나왔다. 오이냉국은 식초 향에 오이 향이 묻혀서 괜찮으니 먹어 보라는 나에게 친구가 단호하게 말했다.

"오이 싫어하는 사람한테 오이를 권하는 거. 그거 진짜 잔인한 폭력이야."

그 정도로 싫다니. 놀랍다. 싫은 걸 분명하게 싫다고 말하는 모습이 멋져 보이기까지 했다. 오이 싫다는 사람에게 다시는 오이를 권하지 말아야지. 생각해 보니 나도 어릴 때는 오이를 싫어했다. 정확히는 싫은 게 아니라 오이를 먹는다는 게 어색했다. 어릴 때 엄마와 언니, 나, 동생은 종종 오이팩을 했다. 거실에 나란히 누워 얇게 썬 오이를 얼굴에 붙이고 명상하듯 누워 있다가 오이가 다 마르면 떼어 냈다. 오이의 주요한 경험이 오이팩이다 보니 오이를 먹는다는 건 어째 화장품을 먹는 것 같았다. 인공 향이 진한 꽃차를 마실 때 거북한 것처럼 오이가 그랬다.

시간이 흐르며 집에서 오이팩 하는 일이 줄어들었다. 각자 주어진 삶의 몫을 감당하느라 함께 모이기도 쉽지 않았다. 피부 관리 정도는 각자 알아서 하게 되었고, 오이를 얼굴에 올리는 대신 화장품 가게에서 산 팩을 쓰게 되었다. 오이팩의 기억이 희미해지면서 오이를 먹는 일이 늘어났다. 여전히 오이를 먹으면 입안의 느낌이 어색할까 궁금해서 한두 번 시험 삼아 먹다 보니 생각보다 괜찮았다. 더운 여름에 얼음 동동 띄운 오이냉국은 맛있기까지 했다. 콩국수 위에 고명으로 올라가는 오이, 감자 샐러드에 들어가는 오이, 밑반찬으로 나오는 오이무침까지 오이는 아삭아삭 식감 좋고 맛도 좋은 재료가 되었다. 가끔 남편이 오이소박이를 만들어 주는데, 손맛 좋은 모가 식당 사장님(프롤로그 참고) 반찬이라 그런지 매번 놀랄 만큼 맛있다.

어릴 때는 그 매력을 잘 모르다가 나이 들면서 좋아지는 음식이 있다. 취나물, 고사리, 두릅이 그렇다. 반대로 어릴 때는 좋아했는데 시간이 지나고 다시 먹어 보니 예전 느낌이 들지 않는 음식도 있다. 기름지거나 단 음식이 그렇다. 바뀐 것은 취향일까, 경험일까, 인식일까, 아니면 그 전부일까. 사람도 그렇다. 좋았던 사람과 멀어지기도 하고, 어색하게 알고 지내다 가까워지기도 한다. 어릴 때는 몰랐지만 나이 들면서 '저 사람 참 매력 있네' 느끼게 되는 사람도 있다. 자주 보지 못해도 그 관계가 주는 충만함에 미소 짓게 되는 사람, 만나고 나면 일기를 쓰고 싶어지는 사람, 함께 나눈 분위기를 오래 기억하고 싶게 만드는 사람. 그런 사람들이 있다.

회사와 집만 오가던 3년 전쯤, 좋은 어른 친구를 새로 만나고 싶다는 생각을 했다. 오래 알고 지낸 친구들과의 대화는 어느 순간부터 비슷한 자리를 맴돈다는 기분이었다. 오래된 관계의 편안함도 좋고, 지나온 시간을 아는 사람만이 해 줄 수 있는 조언도 따뜻했지만 가끔 그 때문에 기억하고 싶지 않은 과거를 끄집어내야 했다. 편한 만큼 서로 더 많이 이해해 주기를 바랐다. 무엇보다, 사는 모습이 달라지고 일도 바쁘니 서로를 들여다보기 어려웠다. 책이나 팟캐스트 속 사람들은 새로운 친구도 잘 사귀고 그 친구들과 멋있는 일도 벌이던데. 다들 어떻게 만나는 걸까? 왜 어른에게는 친구 사귀는 법을 알려 주지 않는 거지? 그런 건 나이마다 업데이트해 줘야 하는 거 아닌가? 이런 것조차 책을 읽거나 팟캐스트를 들으며 고민할 만큼 내향적인 성격 탓에 어른 친구 사귀는 일이 더 어렵게 느껴졌는지 모른다.

처음으로 시도해 본 것은 독서모임이었다. 나다운 접근이었다. 비슷한 것을 좋아하는 사람들이 만나서 이야기를 나눈다면 쉽게 대화를 이어 나갈 수 있을 것 같았다. 당시 가장 유명했던 독서모임 커뮤니티에 가입했다. 개설된 클럽 중에서 책을 가장 많이 읽는 곳을 선택했다. 친목 위주의 모임보다는 빼곡하게 주제를 정해 놓고 고민하는 방식이 나에게 맞을 것 같았다. 모임에 가 보니 역시 옳은 선택이었다. 읽고 생각하기 좋아하는 사람들이 주고받는 대화의 밀도가 마음에 들었다. 어른 친구를 이렇게 사귀는 건가, 조금은 알 것 같았다.

그다음은 티소믈리에 강의였다. 차 감상에는 맞고 틀린 것이 없다는 선생님의 강의 방향도 좋았지만 무엇보다 다른 수강생과 함께 만들어 가는 분위기가 좋았다. 수강생들이 돌아가며 그날의 수업과 어울리는 티푸드를 챙겨왔는데, 다들 어쩜 그렇게 감각적으로 준비하는지 매번 눈과 입이 즐거웠다. 다른 사람들은 그 차를 어떻게 느꼈는지 귀 기울여 듣고, 멋진 표현에 감탄하고, 맛있는 디저트를 준비한 분들에게 감사하며 매주 두 시간씩 즐겁게 배우러 다녔다.

계속해서 다양한 곳으로 새로운 사람들을 만나러 갔다. 스스로 찾아다니기도 했지만 우연하고 감사한 초대를 받을 때도 있었다. 초대받은 채우장에서 만난 사람들은 눈이 반짝반짝 빛났다. 막걸리, 채소 파이, 그래놀라를 판매하는 분, 직접 로스팅한 원두를 포장 없이 알맹이만 가져와 판매하는 분, 예쁜 천 조각을 모아 손수건을 만드는 분까지. 옳다고 생각하는 일을 즐기며 하는 사람들의 에너지를 한껏 받고 돌아왔다. 티 워크숍을 기획해서 열기도 했고, 다른 커뮤니티의 독서모임에 나가 보기도 했다. 요리 클래스를 듣고, 요가 워크숍에 참여하고, 아로마테라피도 배웠다. 언제나 결정의 중심은 '내가 그곳에서 어떤 에너지를 주고받을 수 있는지'였다. 아무리 유명한 사람들이 모여도 나와 맞지 않는다면 에너지를 빼앗기고 지쳐서 돌아올 뿐이다.

코로나 이후로는 언택트로 친구를 사귀고 있다. SNS로 관심 있는 사람을 모아 각자의 일상에 대해 이야기해 보면 어떨까. zoom으로 화상 모임을 할 수도 있지만, 먼저 글로 생각을 주고받으며 관계를 맺어 보기로 했다. 생각을 정리하고, 글로 옮기고, 상대를 떠올리며 답장을 하는 고전적인 방식이 가진 매력을 아는 친구들을 만나고 싶었다. 이 프로젝트의 이름은 '차, 향기, 그리고 마음 상자'. 코로나가 심해지기 전에 티 워크숍에서 쓰려고 사 둔 차가 많이 남아 있었다. 당분간 대면 모임은 어려울 테니 차를 좋아하는 친구들에게 나누어 주고, 찻자리를 주제로 편지를 주고받기로 했다. 손편지까지는 부담스러워서 구글 설문과 노션 링크를 이용하기로 했다.

구글 설문으로 질문을 던졌다. 작성자 중에서 세 명을 선정해 차 선물과 마음이 담긴 답장을 보내 준다는 안내를 인스타그램에 올렸다.

① 차 하면 떠오르는 이미지는 무엇인가요? ② 차에 대한 좋은 기억 또는 차를 좋아하게 된 계기가 있나요?

③ 차 한잔하며 아무 생각 없이 쉬고 싶을 때가 있지요. 요즘은 어떤가요? 가장 힘들게 하는 일, 스트레스 받는 일이 있다면 이야기 나눠 주세요.

④ 그럴 때 떠올리는 장소나 분위기, 사람들이 있나요? 혼자 책을 읽거나 산책을 한다든지, 좋아하는 사람들과 맛있는 음식을 먹는다든지, 멀리 떠나 본다든지, 오래 봐 두었던 물건을 산다든지, 운동을 한다든지. 각자만의 방법을 알려 주세요.

⑤ 차와 함께 디저트를 곁들인다면 더 좋은데요. 좋아하는 디저트는 어떤 종류인가요?

⑥ 차를 좋아하는 분들 보면 책이나 여행, 운동을 즐기는 분들이 많더라고요. 좋아하는 책이나 여행지, 운동에 대해서도 알려 주세요.

⑦ '어떤 차인지'보다 '누구와 마시는지'가 더 중요하죠. 어떤 사람들과 잘 맞는다고 느끼나요?

⑧ 그러면, 같이 있기 힘든 사람은 어떤 사람들인가요?

⑨ 가장 기억에 남는 찻자리가 있나요? 언제 누구와 어떤 차를 마셨나요? 자세히 알려 주세요.

일주일의 신청 기간 동안 여섯 명이 글을 남겼다. 오래 알던 친구, 독서모임에서 알게 된 분, 티 워크숍에 참석해 주었던 분, 처음 만난 분까지 골고루 정성스러운 편지를 보내 주었다. 고작 여섯 명이라고 생각할 수도 있겠지만, 긴 글을 쓰는 일은 '관심' 정도의 마음가짐으로는 결코 할 수 없다. 더 많은 사람이 신청했다면 약속한 시간 내에 전부 읽고, 답장을 하고, 차를 보내는 것이 어려울 뻔도 했다.

편지에는 각자의 이야기가 있었다. 코로나로 힘든 상황이지만 성장을 위해 이직을 결심했다는 분에게는 일에 대한 책들 중 도움이 될 만한 책 리스트를 만들어 보내고, 커리어 전문가의 유튜브 링크도 추가했다. 곧 통영 여행을 간다는 분에게는 여행지에서 들으면 좋을 음악 리스트를 보냈다. 어릴 적 아빠와 함께했던 찻자리, 경주에서 보낸 여유로웠던 여행에 대한 기억을 나누어 주신 분도 있었다. 아름다운 추억을 읽으며 덩달아 설렜다. 코로나 블루로 한참 힘들었는데 마음 돌아볼 기회를 주어서 고맙다는 말에 뭉클해지기도 했다.

즐겁게 편지를 읽고, 맛있게 차를 마셔 주면 그것으로 충분하다고 생각했다. 그러나 내가 보낸 답장은 마무리가 아니라 시작이었다. 우리는 언택트 친구가 되었다. 초등학생 시절의 펜팔이 떠오르기도 했다. 주로 인스타그램으로 그때그때의 일상을 나눴고, 블로그로 긴 호흡의 생각을 주고받았다. 편지 한 번, 선물 한 번이 만들어 준 것 치고는 따뜻하고 끈끈한 유대감이었다. 비대면 시대의 우리가 연결될 수 있는 최선의 방식이라는 생각도 들었다.

어른이 되어도 어릴 때 알던 친구들과 계속 만나며 사는 것인 줄 알았다. 새로운 사람은 일터에서 만나거나 아니면 여행지에서 혹은 서점에서 영화처럼 우연히 알게 되는 건가, 하고 생각했다.

어른 친구는 찾아 나서는 것이었다. 내가 어떤 사람들과 잘 맞는지 들여다보고, 꾸준히 좋은 사람들을 찾고, 손을 내밀어야 하는 것임을 알게 되었다. 어릴 때 친구란 같이 시간을 보내는 또래였다. 어른 친구는 서로의 세계를 넓혀 주는 존재다. 내가 알던 것이 전부가 아니라는 걸 알려 주는 친구, 누군가 보낸 질문에 정성스럽게 자기 이야기를 해 주는 친구, 내가 보지 못한 세상의 예쁨을 발견해 주는 친구. 그런 친구들을 계속해서 만나며 살고 싶다.

⊹⊹⊹ 깻잎 ⊹⊹⊹

목소리를 내는 일

깻잎이 고수와 같은 향신채소라는 사실을 최근에 알았다. 고수 못 먹는 사람은 있어도 깻잎 못 먹는 사람은 없다고 생각했는데. 깻잎이 외국에서는 호불호 갈리는 향신채소라는 이야기를 듣고서 잠시 의아했지만 깻잎 향을 맡을수록 고개가 끄덕여진다. 특유의 향이 진하게 난다는 건 반가울 수도 반감이 들 수도 있는 일이다. 20년 전 베트남으로 여행을 간 아빠는 고수 때문에 식당 밥을 한 입도 먹지 않고 호텔 방에서 컵라면만 먹다가 돌아왔다. 지금도 고수는 안 드신단다. 식당에 가면 '고수 아웃'을 외치는 친구들도 꽤 있었는데, 요즘은 분위기가 달라졌다. 동남아 음식점에서 '고수 많이'를 주문하는 사람이 늘었다. 베트남 여행이 한참 인기 있더니 고수 맛에 익숙해진 사람이 많아졌나 보다. 입맛도 취향이라서 어떤 경험을 했는지가 절대적으로 중요하다.

나는 거의 모든 향신채소를 즐겨 먹는 편이다. 새로운 것을 좋아하는 성향 때문이기도 하고, 몸이 채소를 필요로 하는 것 같기도 하다. 향이 진한 채소는 대부분 몸에 좋은 성분을 많이 가지고 있다. 밑반찬 중에서는 깻잎장아찌를 가장 좋아한다. 깻잎장아찌만 있으면 밥 한 공기를 먹을 수 있다. 쌈밥을 먹을 때도 언제나 깻잎 파다. 쌈 하나에 깻잎 한 장은 부족해서 깻잎 두 장에 밥 한 숟가락을 싸서 먹는다. 매운 양념이 들어가는 조림에 깻잎을 넣는 것도 좋다. 매운 음식을 잘 못 먹지만 깻잎이 알싸하고 개운하게 매운맛을 중화해 주는 느낌이 좋다.

얼마 전 서촌에 있는 식당에서 점심을 먹었다. 콜드 파스타를 주문하니 고명으로 깻잎과 고수 중에 선택할 수 있다고 했다. 역시. 깻잎은 고수와 동급이었구나. 고수를 못 먹는 사람을 위해 만든 옵션인 것 같았다. 고수를 좋아하지만 깻잎이 고명으로 올라간 콜드 파스타는 어떤 맛일지 궁금해서 깻잎을 선택했다. 잠시 후 파스타에 채소를 얹은 것인지, 채소 사이에 파스타 면을 곁들인 것인지 알 수 없을 만큼 채소가 접시 가득 올라간 요리가 나왔다. 파스타 면 사이사이에 노각, 토종 개구리참외, 초당옥수수, 올리브, 우메보시가 기세 좋게 자리하고 있고, 그 위에 길고 얇게 썬 깻잎 더미가 산처럼 수북했다. 포크 날 사이에 깻잎과 채소, 파스타 면을 야무지게 돌려서 한입에 넣었다. 아, 깻잎이 이런 맛이었지.

깻잎장아찌나 깻잎김치, 매운 양념이나 비릿한 재료와 함께 먹던 깻잎과는 또 다른 매력의 깻잎이었다. 이전에 먹던 깻잎이 강렬한 재료들의 균형을 맞추는 역할을 했다면 파스타 위의 깻잎은 다른 채소의 맛과 향 위에서 통통 튀는 분위기 메이커였다. 그렇다. 깻잎은 제 목소리를 내는 채소다.

목소리를 내며 사는 사람들을 보면 항상 궁금했다. 어떻게 자기 생각을 저리도 잘 표현하지? 생각하는 방식부터 다른 건가? '할말하않'이라는 유행어가 의심스럽기도 했다. 정말 다들 안 하고 사는 걸까? 다들 나처럼 안 하는 게 아니라 못 하는데 못 한다고 말할 수 없어서 안 한다고 하는 건 아닐까.

처음 회사 일을 시작할 때는 무슨 말을 어떻게 해야 할지 몰라서 말을 못 하고 살았다. 그때는 경험이 쌓이고 승진을 하면 할 말 하고 살 수 있겠지, 생각했다. 그로부터 8년이 지난 지금, 할 말을 더 못 하고 산다. 오히려 처음에는 뭘 몰랐기 때문에 해서는 안 될 말을 자주 했다. 지금은 알기에 더 말을 못 한다. 일의 사이클을 몇 번 돌리다 보니 어떻게 돌아가겠다는 판단은 섰지만, 말해도 달라지는 건 없다는 걸 몸으로 알게 되었다. 말할 시간에 해 주고 말지 뭐, 아니면 내 마음을 고쳐먹는 게 낫지 뭐. 반쯤 무기력하고 기계적으로, 반쯤 능숙하고 노련하게 일을 처리하는 8년 차 직장인. 자신 있게 내보일 직장생활은 아니지만, 그럭저럭 평범한 태도라고 생각했다. 이 생각에 변화가 생긴 건 휴가지에서였다. 휴가를 보낼 때는 평소에 잘 읽지 않는 어려운 책을 들고 간다. 가장 편하게 쉴 때 아니면 언제 펴 볼까 하는 생각으로 도전해 보는 것이다. 이번에 고른 책은 케이시 윅스가 쓴 『우리는 왜 이렇게 오래, 열심히 일하는가?』. 그즈음 회사에서는 이미 주 52시간 근무를 시작했고, 실질적으로는 주 40시간 근무를 하고 있었다. 그럼에도 이 거창한 제목의 책을 고른 것은 옮긴 이의 말 때문이었다.

> "다른 세상은 가능할까? 이 질문에 자신 있게 답할 수 있는 사람은 아마 없을 것이다. 하지만 마치 다른 세상이 가능한 듯이 요구하고 행동하는 사람이 존재할 때만, 비로소 다른 세상의 가능성이 생겨난다. 나는 이 책을

옮기면서 그렇게 믿게 되었다."

이 문장을 보고 어떻게 읽지 않을 수 있을까. 8년 내내 '다른 세상은 가능하지 않아'를 반복적으로 되뇌었던 나에게 이 책은 목소리를 내야 한다고 말하는 것이다. 목소리를 내는 것으로 세상은 바뀌지 않지만, 목소리라도 내야 바뀔 가능성이 생겨난다고 믿는 사람 앞에서 지금까지 나의 일상을 유지해 오던 생각이 깨져 버린 것이다. (이래서 박웅현 크리에이티브 디렉터가 '책은 도끼'라는 표현을 썼나 보다)

목소리를 내는 일이 왜 조심스러웠을까. 왜 나를 숨기고 싶었을까. 나는 나를 지키고 싶었던 것 같다. 회사의 다른 사람들과 최대한 비슷해야 공격받지 않으니까. 동의할 수 없는 말에 맞서지 못하고, 그렇다고 동조하고 싶지는 않아서 스스로를 숨기는 것이 최선이라고 생각했다. 그러다 보면 나 자신이 내 속에서 지나치게 비대해진다. 드러내야 할 때 드러내지를 못하니 안으로 꾹꾹 눌러놓게 되고, 그러다가 일순간 자아가 불쑥 튀어나오는 것이다. 별것 아닌 말에 벌컥 화가 나고, 순전히 개인적인 친구의 근황에 축하나 위로보다 내 생각이 먼저 드는 것은 그 때문이었다. 말을 잘하려면 일단 잘

들어야 한다던데, 정말 그렇다. 자아가 제대로 표현되지 못하고 비대해진 채 내면에 숨어 있으면 대화를 맛있게 주고받을 수 없다. 각자 자기 생각만 하고 자기 말만 하게 된다. 말하기의 시작은 듣기 이전에 '스스로를 숨기지 않기'라고 할 수도 있겠다. 진짜 목소리를 내는 일은 무언가를 말하는 것이라기보다 나를 드러내는 것에 가깝다.

나에게는 글쓰기가 나를 드러내는 방식이었다. 내향인을 위한 책 『콰이어트』에서는 내향인의 특징 중 하나를 이렇게 표현했다. "강의실에서는 손들고 질문하는 것조차 어색해하는 사람이 두 번 생각하지 않고, 2천 명 아니 2만 명이 보는 블로그에 글을 쓰기도 한다." 그게 바로 나다. 브런치에 긴 글을 올리기도 하고 인스타그램에 그때그때 생각나는 짧은 감상을 올리기도 한다. 꾸준히 나를 드러내고 표현했다. 글을 쓰고, 나의 글을 읽어 주는 사람들이 조금씩 늘어나면서 내 마음에도 변화가 생겼다. 친구들과의 대화에서 '나는! 나는?' 하며 자꾸만 비집고 나오던 내 생각이 이전보다 줄어든 것이다. 그동안 내면의 이야기를 숨김없이 글로 썼더니 속에 쌓였던 것이 어느 정도 해소되었던 것 같다. 불필요하게 오해하거나 꼬이는 일이 줄어들었다. 한결 가벼워졌다. 이제는 친구의 말을 들으면 '그럴 수도 있겠다' 거나 '저 친구의 상황 속에서 생각해 보자'라며 스스로를 다독인다. 잘 듣는다는 것이 단순히 반응을 잘해 주는 게 아니라 상대의 입장에 최대한 들어가 보는 것이라는 사실을 알게 되었다.

잘 듣는 법을 배우고 나니 말하는 것에 대해서도 불필요한 두려움이 사라졌다. 누군가 남의 말을 반대하고 비난할 때, 실은 자기 생각을 하는 것이었다. 틀려서가 아니라 처한 상황이 다르기 때문이었다. 우리는 모두 다른 상황에서 살고 있기 때문에 서로 다른 요구를 하고 서로 다른 주장을 한다. 애초에 같을 수 없다. 다르게 보이면 안 될까 봐 나를 숨길 필요도 없다. 회사를 선택할 때, 친구를 사귈 때, 독서모임이나 커뮤니티를 고를 때의 기준은 자연스럽게 '나를 드러낼 수 있는지'가 되었다. 회사에서는 진짜 나를 드러낼 필요가 없다고 하지만, 나의 영역 안에는 사생활을 제하고도 여러 자아가 있다. 내가 생각하는 업무 방식, 커뮤니케이션 방식, 일을 통해 추구하려는 바가 무엇인지 정도는 이야기할 수 있는 곳이어야 한다.

퇴근 후 혼자서 채소 요리를 하는 시간은 스스로 나의

이야기를 들어 주는 시간이었다. 탁탁탁 일정한 칼질 소리에 집중하며 하루 동안 미처 발화되지 못한 말들을 속으로 되뇌었다. 채소로운 일상을 글로 쓰고, 그 글이 누군가에게 발견되어 이 책을 쓰게 되었다. 출판 계약이 진행될 때쯤 회사도 옮겼다. 다른 일상이 가능한 듯이 행동할 때, 비로소 그 가능성이 생겨난다고. 나는 이제 그렇게 믿게 되었다.

✧✧✧ **허브** ✧✧✧

채소로 만드는 화장품

요가원에 가면 다양한 종류의 아로마 오일이 있다. 마사지 오일, 호흡 오일, 소화 촉진 오일 등등. 스트레스로 위장과 목, 어깨를 비롯해 온몸이 단단히 굳은 요기니를 위한 긴급 처방용 오일들이다. 수업 시작 전, 오렌지와 베르가모트 에센셜 오일을 블렌딩한 호흡 오일을 손바닥에 두세 방울 떨어뜨려 비빈 다음 얼굴 가까이 대고 호흡한다. 깊게 숨길을 열어 주면 순식간에 하루의 긴장이 풀린다. 수업이 시작되면 선생님이 진저 오일을 손에 덜어 주신다. 배와 허리 부위를 오일로 부드럽게 마사지하면 소화도 잘되고 굳어 있던 코어 근육이 풀린다. 몇 가지 마음에 드는 오일을 구매해서 집에서도 오일 마사지를 한다. 잠들기 전 손바닥에 오일을 덜어 근육을 구석구석 마사지해 주면 피로가 풀리고 잠이 잘 온다. 회사에서 화가 쌓인 채로 퇴근한 날에는 집에 오자마자 아로마 오일로 호흡 명상을 한다. 상쾌한 오렌지 향을 맡으면 마음이 한결 산뜻해진다.

나만 이렇게 아로마 오일을 좋아하는 게 아니다. 요가 수업을 들으러 가면 일찍 도착한 수강생들이 각자의 요가 매트 위에서 눈을 감고 심취한 채 오일 마사지를 하고 있다. 요가 스튜디오의 어두운 조명 아래, 제각각 다른 스타일의 요가복을 입고 저마다 자기만의 아로마 세계에 빠져든 모습을 보고 있노라면 아로마 오일에는 무언가 마법 같은 힘이 있다는 생각이 든다. 나를 포함한 몇몇 아로마 오일 마니아의 요청으로 요가원에서는 아로마 오일 워크숍을 진행하기도 했다. 주제는 일상 아로마 테라피. 대표적인 아로마 오일의 종류와 효능, 사용법에 대해 간단하게 배우는 것이었다. 그날 배운 아로마 에센셜 오일은 총 열두 개였다. 레몬, 오렌지, 유칼립투스, 티트리, 로즈메리, 레몬그라스, 페퍼민트, 라벤더, 일랑일랑, 시더우드, 사이프러스, 프랑킨세스.

에센셜 오일은 식물의 씨앗, 껍질, 줄기, 뿌리, 꽃 등에서 추출한 방향성 물질이다. 허브가 가진 치유의 힘이 농축된 것이 곧 에센셜 오일이다. 각각의 효능에 대한 설명을 듣고서 에센셜 오일을 코코넛 오일, 살구씨 오일, 올리브 오일과 같은 베이스 오일에 희석해 보디오일을 만들었다. 우리는 마치 신비한 약을 제조하는 마법사 같았다. 오렌지와 레몬그라스를 좋아하는 내 옆에는 농밀한 향의 시더우드와 일랑일랑을 좋아하는 요기니가 있었다. 전혀 다른 향을 만드는 우리는 똑같이 만족스러운 표정이었다.

취향을 오롯이 반영한 보디오일을 마주하고 나니 다른 화장품도 만들고 싶었다. 화장품을 만들어 쓰면 원재료가 담긴 용기 외에는 버릴 것이 없다는 점도 좋았다. 내친김에 알맹상점에서 진행하는 로션 바 만들기 워크숍에 참여했다. 로션 바는 오일을 고체 형태로 만든 것이다. 집에 있는 홍차 틴케이스를 비워서 가져갔다. 틴케이스에 로션 바를 담아서 쓰다가 떨어지면 또 만들어 채워야지, 생각하니 뿌듯했다. 로션 바를 만드는 방법은 간단했지만 기다림이 필요했다. 냄비에 오일, 밀랍, 시어버터를 넣어 녹이고, 에센셜 오일을 추가한 후 틀에 부어 식히면 틀 모양대로 로션 바가 완성된다. 로션 바를 손에 쥐면 체온 때문에 표면이 미끌미끌해지며 녹는다. 필요할 때마다 손으로 조금씩 녹여서 쓰면 된다. 로션 바가 굳을 동안 워크숍 진행자와 허브차를 마시며 이야기를 나눴다. 로션 바가 안전하게 굳을 때까지는 생각보다 시간이 꽤 걸렸고, 우리는 여유롭게 이야기했다.

"어디서 워크숍 소식을 보셨어요?"

"알맹상점 인스타그램을 꾸준히 보고 있었어요. 한동안 공간 문제로 운영을 안 한다고 해서 기다리다가 다시 워크숍을 진행하신다기에 신청했어요. 플라스틱 용기 없는 로션을 만들어 보고 싶기도 했고요."

"오래 지켜봐 주셨구나. 감사해요. 제로 웨이스트는 어떤 계기로 관심 갖게 되셨어요? 동물 보호에서 시작한 분들도 꽤 많으시던데."

"글쎄요. 딱 하나를 꼽을 수는 없을 것 같아요. 다양하게 책을 읽는 편이라 책을 통해서도 알게 되었고, 마르쉐에 가서 느끼게 된 점도 많아요. 또 동네에서 열리는 채우장에서 셀러로 참여한 적이 있거든요. 그때 만난 분들이랑 얘기하면서 더 관심이 생긴 것 같아요."

"정말요? 저도 채우장 셀러로 참여하고 있는데. 저는 커리랑 향신료 팔아요."

"혹시 지구커리?"

"앗, 맞아요. 이렇게 또 다 연결되어 있다니까요. 정말 반갑네요."

마스크에 가려져 어렴풋했던 얼굴이 그제서야 눈에 들어

왔다. 그는 알맹상점 소식을 들려주었고, 향신료가 필요하면 소분해서 판매할 테니 연락 달라고 다정하게 말해 주었다. 성산-망원-연희동 일대에는 보이지 않는 네트워크가 있다. 알맹상점에서 만난 얼굴을 채우장에서도 만나고, 팝업 레스토랑에서도 만난다. 나는 마음속으로 연결된 이 선들을 모아 '채소공동체'라고 부른다. 각각 활동은 다르지만 채소는 늘 빠지지 않으니까. 허브의 형태든, 향신료든, 채소 요리든 간에.

집으로 돌아와 로션 바를 손에 쥐고 두 손의 온기로 천천히 녹였다. 거실 한편에 회사 동기에게 분양받은 로즈메리가 눈에 들어왔다. "영상 촬영 소품으로 썼던 허브 화분이 몇 개 남았어. 가져가고 싶은 사람 가져가." 동기의 쪽지를 타이밍 좋게 바로 확인했다. 손바닥만 한 로즈메리는 가지가 듬성듬성 잘려 있었다. 집에 가져가면 금방 시들해질 줄 알았는데 겉흙이 마를 때마다 잊지 않고 물을 주었더니 반년이 넘게 잘 자라고 있다. 로즈메리 화분 곁으로 다가가니 상쾌한 향을 진하게 뿜어낸다. 로즈메리는 피로 회복과 두통에 좋다던데, 그럼 모든 사람에게 좋은 허브인 셈이네.

화장품을 만들어 쓰는 지인이 직접 만든 페이스오일을 선물해 준 적이 있다. 그녀는 소이캔들로 시작해서 이제는 얼굴에 바르는 화장품까지 만들어 쓴다고 했다.

"직접 만든 페이스오일인데 한번 써 봐요. 10년 넘게 바비브라운 오일 쓰다가 가격이 비싸서 내가 만들어 보자, 하고 만든 거예요. 최대한 비슷하게 만들었는데, 제가 몇 달 써 보니까 바비브라운보다 더 좋아요."

"음, 제가 피부가 지성이라서 오일을 안 써요. 안 맞는 오일을 쓰면 얼굴에 트러블도 나고 번들거려서 감당이 안 되더라고요."

실례인 걸 알지만, 선물 받고 안 쓰는 것보다는 마음만 받고 선물은 필요한 사람에게 가는 편이 낫다고 생각해서 조심스럽게 거절했다.

"지성일수록 피부에 수분을 공급한 다음 가볍게 오일막을 입혀야 해요. 그래야 수분이 빠져나가지 않아요. 피부가 수분을 뺏기지 않으려고 기름막을 생성하거든요."

"아, 그런가요? 그럼 한번 써 볼게요."

"그럼 이것도 써 보세요. 네롤리 스킨, 로즈 오일, 아르간 로션. 순서대로 발라 보세요."

이 정 많은 분은 매번 이렇게 한가득 주신다니까. 진심의 눈빛으로 설명하는 모습을 믿고 써 보기로 했다. 허브의 기운이 가득 들어간 수제 화장품은 일단 향이 좋았다. 세수를 하고 스킨, 오일, 로션 순서로 발랐다. 처음 며칠은 오일 때문인지 얼굴에 기름기가 올라왔는데, 양을 줄이고 손바닥으로 밀착하듯 바르니 번들거리지 않고 피부가 점점 맑아졌다. 트러블도 나지 않았다. 이렇게 좋다면, 나도 만들어 봐야겠다. 좋은 걸 보면 '사야지'보다 '만들어 봐야지' 하는 생각이 먼저 든다.

유튜브와 책으로 쉬운 레시피를 찾아보았다. 어느 정도 자료를 찾고 나니 화장품에 대한 이해가 생겼다. 아주 거칠게 단순화하자면 수제 화장품은 깨끗한 물과 식물성 오일로 만드는 레시피가 대부분이었다. 녹차, 히비스커스, 로즈, 마린 콜라겐 등의 성분을 추가로 넣어서 기능을 향상하기도 하지만 기본 구조는 물과 기름이다. 집에서 만드는 화장품에는 주로 쉽게 구할 수 있는 코코넛 오일과 올리브 오일이 쓰이고, 참기름이나 들기름을 사용하기도 한다. 물은 스킨이 되고 오일은 그대로 오일, 로션은 물과 오일을 섞은 것이었다. 잘 섞이지 않는 물과 오일을 섞기 위해 유화 왁스를 사용하는데, 이 때문에 불투명하고 걸쭉한 로션의 질감이 만들어지는 것이다. 클렌징 오일은 더욱 간단했다. 올리브 오일을 그대로 사용해도 되고, 올리브 리퀴드를 섞으면 시중에서 판매하는 클렌징 오일과 같은 제품이 나온다.

결국 물과 기름이었잖아? 이 사실을 알고 나니 화장품에서 자유로워지는 기분이었다. 내 돈으로 화장품을 사서 쓴 이후로 끊임없이 화장품 지식을 접해 왔지만 알면 알수록 복잡한 세계였다. 그런데 막상 만들어 쓰려고 하니 화장품이란 놀랄 만큼 간단한 것이었다. 부엌에 있는 재료가 화장품이 된다는 사실도 좋았다. 인터넷으로 화장품 원료를 사면 플라스틱 통과 에어캡, 종이 박스에 포장되어 오지만 부엌에 있는 코코넛 오일과 올리브 오일은 유리병에 들어 있다.

> "'먹는 재료를 어떻게 얼굴에 올려요?'라는 질문을 많이 받는데요, 이렇게 생각해 보세요. 먹을 수 있다는 건 얼마나 안전하다는 거예요? 식용 가능한 등급의 식물성 오

일이라면 화장품 재료로 최상급이에요."

수제 화장품을 만드는 유튜버의 말이다. 이 말을 듣고 나니 안심되었다. 올리브 오일로 화장을 지우고, 들기름으로 팩을 하고, 녹차 우린 물을 스킨처럼 바르고, 코코넛 오일을 얼굴에 바르는 모습을 상상해 보았다. 먹지 말고 피부에게 양보하라던 화장품 브랜드의 광고 카피가 떠오른다. 어릴 때 목욕탕에 가면 요구르트로 팩을 하는 어른들이 있었다. 먹거리를 자유자재로 활용하던 시절이었다. 여름철 햇볕에 탄 피부 위에 감자 간 것을 올려 식히기도 하고, 알로에를 통째로 사다가 팩처럼 쓰기도 했다. 엄마는 시금치나물을 한 날에는 시금치 데친 물을 버리지 않고 두었다가 세숫물로 썼다. 쌀뜨물로 세수하는 날도 있었다. 오이를 많이 산 날에는 온 가족이 거실에 줄줄이 누워 오이팩을 하곤 했다. 그때는 채소를 미용 재료로 쓰는 일이 어색하지 않았는데, 공장에서 만든 화장품이 흔해지기 시작하자 먹는 재료를 그대로 쓴다는 것이 세련되지 못하게 느껴졌다. 여러 가지 성분을 조합해 만들어야 비로소 쓸 만한 제품이 된다는 생각도 들었다.

언제부터일까, 공장에서 만든 제품이 더 깨끗하고 안전할 거라는 무의식을 갖게 된 것이. 마케팅에 들어간 막대한 자본의 힘일까, 인간의 게으름 때문일까. 무엇이 더 깨끗하고 안전한지, 무엇이 더 편리한지, 무엇이 더 세련된 것인지는 자본도 타인의 시선도 아닌 내가 고민하고 선택할 문제다. 세상에는 수많은 화장품이 있고, 매일 새로 업데이트해도 다 알지 못하는 미용 상식이 있다. 비싸 보이는 제품에는 세련된 이미지가 따라붙는다. 너무도 매력적이어서 여차하면 넘어가기 쉽다. 백화점에서 화장품을 살 때면 직원의 표정과 말투, 크림의 향과 촉감, 매장의 조명과 분위기가 너무도 달콤해서 '매번 이런 곳에서 화장품을 살 수 있도록 열심히 돈을 벌어야겠다' 굳은 다짐까지 하게 된다. 돈의 힘은 절대 만만하게 볼 것이 아니다. 그깟 돈이라고 무시할 게 아니다.

화장대를 단출하게 정리했다. 모든 화장품을 다 만들어 쓰자고 마음먹었지만 보존제와 유화제, 에센셜 오일, 로즈 워터, 정제수 등 필요한 재료들이 소량씩 개별 포장되어 올 생각을 하니 좋은 방법 같지 않았다. (집에서 만든 화장품은 금방 상하기에 매번 만들어 쓰는 게 아니라면 아무래도 위험하다) 대신 단순하게 만들어진 제품을 구매하기로 했다.

알맹상점에 가서 스킨과 로션을 리필해 올 때도 있다. 무엇보다 집에 있던 제품, 선물 받은 것을 버리지 않고 마지막까지 싹싹 긁어서 쓴다. 가끔 가지를 갈아 팩을 하고, 홍차 우린 물을 스킨 대신 사용하기도 한다. 화장실도 단순해졌다. 비누, 샴푸, 린스 바가 전부다. 비누 하나로 화장 지우기, 세안, 샤워, 손 씻기를 모두 끝낸다. 구절초, 라벤더, 탱자, 연잎, 쑥, 로즈메리와 같은 허브를 이용해 비누만 만드는 작은 회사의 제품을 쓴다. 향도 좋고, 자연 속에서 비누를 만드는 모습도 재미있다.

자연이 만들어 낸 마법 같은 식물의 힘을 빌려 온다. 아로마 오일 향을 깊게 마시는 순간의 고요, 로즈 워터를 얼굴에 바를 때의 촉촉한 기운. 화장품을 살 때, 어쩌면 다른 이미지들을 샀던 것은 아닌지 생각해 본다.

세상을 나에게 맞출 때

원통형 비닐이 팽팽하게 애호박을 감싸고 있다. 비닐에 적힌 이름은 '인큐베이터 애호박'. 애호박이 어릴 때 이 비닐을 씌웠을 테고, 애호박은 비닐 모양대로 자랐을 것이다. 인큐베이터 애호박을 보면 마치 나를 보는 것 같아서 씁쓸하다. 나뿐만은 아닐 것이다. 어디를 향해 걸어야 하는지 모르는 어린 시절에는 어른의 말이 절대적이다. 어른들이 겁주듯이 하는 말에 곧잘 무력해져서는 비닐 속 애호박처럼 그들이 만들어 놓은 틀 모양대로 자라 버렸다.

뚜렷하게 꿈꾼 삶의 모습이 없었으니 바라던 대로 살아왔다고 할 수는 없지만 몇 가지 꿈은 실현했다. 책을 읽고, 요가를 하고, 쿠키를 굽고, 음악을 들으며 살고 싶다고 생각했다. 회사에서 보내는 시간을 제외하고는 그렇게 살고 있다. 반쯤은 바라던 대로 사는 건가. 그래도 이만하면 괜찮은 것 아닌가 싶었을 때, 주위를 둘러보았다. 모두가 회사에 다니는 건 아니구나, 회사를 나와서 자기만의 길을 가는 사람들도 있구나, 회사 안에서도 자기만의 방식으로 일하는 사람들이 있구나. 호기심 어린 마음으로 나와 다르게 걸어가는 사람들을 찾아보았다. 한동안 읽은 책 대부분이 스스로 선택한 일을 하는 사람이 어떻게 그 길로 가게 되었는지 인터뷰한 내용이었다.

어른들의 말이 전부 틀린 것은 아니었다. 자기만의 방식으로 길을 개척한다는 것은 말처럼 쉽지 않았다. 타고난 감각과 타이밍, 생각보다 오랜 시간 공들여야 하는 노력과 고민까지 모두 균형을 이루어야 자신의 일을 계속해 나갈 수 있게 된다. 잘되고 못되고는 '계속할 수 있는가' 다음의 문제다. 어른들은 그저 자신의 경험 안에서 안전해 보이는 길을 권했을 뿐이다. 그렇다면 안전하다는 건 뭘까. 각자가 가진 고유의 성향을 외면하는 것? 검증된 길만이 옳다고 믿는 것? 인정하는 일보다 인정받는 일에 매몰되는 것? 인정받기 위해서 다른 가치와 가능성을 외면하는 것? 이기기 위해서 이기는 것 외의 다른 모두를 포기하는 것? 그렇게 많이 잃고 조금 얻는 삶을 살고 싶지는 않았다.

좋은 대학이 무가치하다고 생각하지는 않는다. 대기업은 나쁜 짓을 많이 하니까 가지 말아야 한다는 생각도 아니다. 매달 일정한 돈을 벌기 위해 사는 것이 과연 나에게 좋은 선택인지 스스로 물어보고 싶었다. 첫 회사는 취업 시장에 내몰리듯 결정된 것이었으니 선택했다고 볼 수는 없었다. 두 번째 세 번째 회사는 나의 선택이었다. 26살 여름. 첫 회사를 다닌 지 꼭 1년 반이 된 때였다. 회사를 그만둬야겠다고 결심했다. 회사의 비즈니스 모델, 업무 방향성, 조직 내 커뮤니케이션 방식이 나와 맞지 않다는 생각이 들었다. 무엇을 해야 할지는 정확히 몰랐지만 다른 일을 해 보고 싶었다. 개인사업도 좋고, 영업사원 교육 담당자라는 경력을 살려서 교육 쪽 일을 해도 좋겠다. 아니다, 차 마시는 일을 좋아하니 차를 배워 볼까.

"야, 내가 올해 들은 말 중에 제일 웃기다. 하하하."

새로운 계획을 이야기할 때마다 친한 친구들은 농담처럼 받아넘겼다. 공유 오피스 사업을 할 거야! 책방을 할 거야! 티소믈리에가 될 거야! 행복치료 전문가가 될 거야! 관심 있는 모든 분야에 대해 검색하고 이리저리 기웃거리다가 만 2

년을 정확하게 채우고 퇴사했다. 여전히 아무런 계획도 세우지 못한 상태였지만 그대로 시간만 보낼 수는 없었다. 겁 많고 조심성도 많아서 결정을 쉽게 내리지 못하는 사람인데, 의외로 큰 결단 앞에서는 대담하다. 부모님에게도, 지금은 남편이 된 당시 남자친구에게도 예고 없이 퇴사 소식을 알렸다. 인사 담당자와 퇴사 면담을 하고 난 후였다. 마음의 결단은 내렸고, 남의 말에 휘둘리고 싶지 않았다. 가장 가까운 사람들에게 가장 나중에 알렸다. 지금 생각하면 정말 잘한 일이다. 6개월간의 백수 시절 엄마는 한숨을 쉬며 말했다.

> "그러게 좋은 직장 다니면서 결혼 자금이나 모으지, 뭐하러 뛰쳐나왔어!"

엄마의 걱정이 일리 없지는 않았다. 결과만 놓고 본다면 남들과 별다를 것 없는 두 번째 선택을 했기 때문이다. 퇴사 후 영어학원 강사, 교육 관련 스타트업, 서점 직원까지 궁금했던 모든 분야에 문을 두드렸다. 사람이 필요한 곳들이었고, 매번 당장 일을 시작하자는 긍정적인 답을 받았다. 원하던 답을 듣고도 이상하게 몸이 앞으로 움직이질 않는다는 게 문제였다. 몸이 보내는 신호는 정확하다. 가슴이 뛰지 않고 무게중심이 자꾸만 뒤로 쏠릴 때 무리하게 나가서는 안 된다. 결국 다시 대기업 공채에 지원했다. 어렵게 모은 돈이 너무나 쉽게 빠져나가는 것을 지켜보는 게 두려웠다. 이전과 다른 삶을 살겠다고 결심했지만, 대체 그게 무엇인지는 모르는 상태에서는 그 어느 쪽으로도 갈 수 없었다. 적지 않은 나이에 애매한 경력을 갖고 있었기에 정말 열심히 준비했다. 퇴사 이유를 묻는 면접 질문에도 여러 버전의 시나리오를 만들어 두었다. 그리고 다시 신입사원이 되었다. 첫 회사와 비슷한 신입사원 연수, 교육, 동기 모임을 거쳐서 다시 비슷하게 생긴 자리로 돌아왔다. 물론 변한 것도 있었다.

'내 이야기를 만들 거야'

입사한 순간부터 지금까지 그 생각을 멈추지 않고 있다. 업무를 처리할 때도, 퇴근 후 책을 읽고 채소 요리를 하고 쿠키를 굽는 순간에도 잊지 않으려고 되뇌었다. 내가 있는 판을 나의 판으로 만들 거야. 여기서 그럴 수 없다면 다른 곳에서라도. 그저 시간을 보내며 살지는 않을 거야. 틀에 맞춰지듯 살지는 않을 거야. 눈을 반짝이며 일할 수 있는 곳은 현실에 없다고, 사람들이 말해도 믿지 않았다. 결국 또 제자리

걸음일지라도 믿지 않기로 했다. 비록 지금은 세상에 나를 맞추고 있지만, 언젠가 세상을 나에게 맞추는 때가 올 것이 분명하다. 은희경 작가가 어느 강연에서 말했다.

> "글을 잘 쓴다고 작가가 될 수 있는 건 아니에요. 할 이야기가 있어야 합니다."

첫 책을 낸 작가의 인터뷰 보는 것을 좋아한다. 이제 막 시작하는 이의 반짝거리는 눈을 보면 힘이 난다. 어떻게 책을 쓰게 되셨어요? 이 질문에 많은 작가들이 이렇게 답했다.

> "어느 시기를 지나면서 제 안에 무언가가 쌓이게 되었어요. 지금 생각하면 이야기였던 것 같아요. 그것을 밖으로 꺼내 펼쳐 놓아야만 했고, 그래서 글로 썼어요."

남의 일을 하고, 남의 이야기를 듣고, 그들의 지시대로 행동할지라도 그 속에서 나만의 이야기를 만들어야 한다. 내 안의 물이 가득 차서 찰랑찰랑 흘러넘칠 때까지. 세상에는 다양한 선택지가 있고, 각자 자신에게 맞는 선택을 하고 산다. 나는 지금의 나에게 맞는 선택을 했다. 완벽한 선택지는 아니었지만 가만히 기다리고 있을 수는 없었다. 내가 있는 곳에서 나의 이야기를 만들면 된다. 같이 일하는 사람들과 합을 맞춰 나가고, 계획을 세우고, 실행해 보고, 변화하는 산업 속에서 흔들려도 보면서, 그 과정에서 무수히 많은 이야기가 생길 것이다. 퇴근 후 보내는 나의 시간이 그 이야기를 더욱 풍부하게 만들어 줄 것이다.

내가 선택한 곳에서 나의 이야기를 만들어 가고 있다는 생각만으로도 정형화된 틀에서 나왔다는 감각이 생겼다. 겉으로는 바뀐 것이 없어 보이지만 분명히 바뀌었다. 인정받기 위해서가 아니라 인정하기 위해서 살게 되었다는 느낌이다. 스스로 나의 일을 인정하고, 다른 사람을 인정할 수도 있다는 것을 알게 되었다. 그 방법이 성공과 가까운지는 모르겠지만 나쁜 결과를 가져다주지 않는다는 것도 알았다. 회사에서 버티며 보내는 시간이 아주 없지는 않다. 힘들고 지루한 상황은 늘 일정하게 있다. 다만 그 순간을 신선하게 받아들이기로 했다. 와, 저런 사람도 있구나. 이럴 때는 이렇게 대처해야겠다. 적어도 이 정도 깨달음은 얻을 수 있었다.

퇴근하고 집 앞 마트에서 인큐베이터 애호박을 샀다. 비닐을 벗겨 흐르는 물에 씻고 반달 모양으로 송송 썬다. 애호박은 속살이 부드럽고, 껍질도 껍질이라고 하기에는 말랑하다. 속보다 색만 조금 진한 정도다. 이렇게 말랑하니 속절없이 비닐 모양대로 컸구나. 껍질이 단단해서 자르기도 쉽지 않은 단호박, 늙은호박과는 달리 애호박은 말랑하고 유연하고 부드럽다. 칼로 썰 필요도 없다. 숟가락으로 툭툭 끊어 내듯 썰면 된다.

제멋대로 조각난 애호박, 재미있게도 생겼네. 너를 아주 나답게, 맛있게 만들어 줄게. 오늘도 나랑 새로운 이야기를 만들어 보자.

⊹⊹⊹ epilogue. ⊹⊹⊹

나의 오늘이 당신에게 닿기를 바라며

어릴 때 동생은 편식이 심했다. 어린이의 편식이야 그때나 지금이나 자연스러운 일이지만, 자기보다 여섯 살 어린 동생을 둔 십 대 소녀는 바람직하지 않은 그 상황을 지켜보고만 있을 수 없었다. 그 날도 그랬다.

> "굴 진짜 맛있다. 와, 전을 부쳐 먹으니까 더 맛있네. 아빠 오기 전에 내가 다 먹어야지."

역시, 통하지 않았다. 동생은 굴 냄새를 맡자 바로 얼굴을 찡그렸다.

> "굴이 피부에 좋대. 피부 좋아지게 많이 먹어야지."

굴을 쳐다보지도 않는 동생 앞에서 맛있게 먹는 연기가 통하지 않자 피부가 좋아진다며 꼬드겼다. 어? 이번에는 반응이 온다. 동생이 굴을 한 입 먹더니 생각보다 괜찮은지 하나 더 집어 먹는다.

"뭐야 뭐야 안 먹는다며! 내가 다 먹을 거야."

장난으로 접시에 남아 있던 굴을 몽땅 가져가자 동생이 울음을 터뜨렸다.

"나 먹을 거야, 내가… 내가 먹을 거야."

그날 이후로 동생은 굴 반찬도 가리지 않고 먹게 되었다. 언니들이 자기 몫까지 먹을까 경계하며 바쁜 손놀림으로 굴을 앞 접시에 챙겨 두기도 했다. 하지 말라거나 해야 한다고 말하면 꼭 그 반대로 하고 싶어지는 게 사람 마음이다. 일찍 자는 게 좋다는 걸 알면서도 엄마가 방문을 휙 열어젖히며 일찍 자라고 소리 지를 때까지 더 놀다 자던 것처럼. 그런가 하면 재미있어 보이는 것, 좋아 보이는 것은 시키지 않아도 한다.

세 자매 중 둘째였던 나는 위로는 언니에게 훈계를 일삼고 아래로는 동생에게 가르침을 전파하곤 했다. (우리 자매는 나의 결혼을 기점으로 사이가 좋아졌다. 적절한 거리는 어떤 관계에서든 중요하다.) 집에서 그러는 애가 밖에서는 안 그랬을까. 친구들에게도 옳은 말을 가장한 듣기 싫은 소리를 많이도 했다. 진짜 목소리를 내야 하는 자리에서는 말 못 하고, 못다 한 말을 주변 사람에게 했던 것 같다. 친구들과 다투기도 했고, 소중한 관계에서 멀어지기도 했다. 천천히 알게 되었다. 하지 말라거나 해야 한다는 말보다 강력한 것은 내가 먼저 행동하고 즐기는 모습을 보여 주는 것이구나. 돌이켜 보니 나야말로 남에게 강요받는 것을 끔찍이 싫어하던 사람이었다. 그런 내가 다른 사람에게는 이것이 좋다 저것은 나쁘다 지적했다니, 부끄러워진다.

과거의 나는 어쩔 수 없지만, 앞으로의 나는 어찌해 볼 수 있지 않을까. 지금부터라도 내가 좋다고 생각하는 삶을 행동으로 살아 내자고 결심했다. 책 읽는 것 좋아, 말하는 대신 좋은 책을 읽을 때마다 블로그에 리뷰를 올렸다. 편견을 가지고 사람을 판단하지 말자, 이야기하는 대신 누군가를 처음 만났을 때 개인적인 질문은 하지 않았다. 다니는 회사, 출신 학교나 사는 지역을 궁금해하지 않기로 했다. 알고 싶은 상대를 만나면 무슨 일을 하는지, 전공이 무엇이었는지, 회사에서 가까이

사는지 묻는다. 나보다 나이가 어리다고 쉽게 말을 놓지 말자고 생각했다.

채소 생활을 시작할 때도 같은 마음이었다. 채소로운 일상을 통해 내가 얼마나 즐거워졌는지, 건강해졌는지, 마음이 어떻게 넓어졌는지 보여 주자고 생각했다. '채소로운 매일매일'이라는 제목으로 브런치에 글을 올리기 시작했다. 정성스럽게 채소 요리를 한 날에는 각 잡고 사진을 찍어 인스타그램에도 올렸다. 친구들을 집에 초대해서 채식 코스 요리를 해 준 적도 있다. 거실에 은은한 조명을 켜고, 책을 층층이 쌓아 소품처럼 장식하고, 테이블 위에 '오늘의 채소 코스' 메뉴판을 올려 두었다.

> "토마토 가지 파스타, 맛있다. 나도 해 먹어 볼래."
> "두유 요거트 정말 맛있어 보인다. 레시피 알려 줄 수 있어?"
> "비건 마들렌인데 이 비주얼이 나온다고? 비건 디저트도 섬세하게 예쁠 수 있구나."

좋아하는 세계에 폭 빠져서 눈을 반짝이는 사람에게는 고유한 에너지가 있다. 온 마음으로 노래 부르는 가수를 보며 감동을 느끼는 것처럼. 사랑에 빠진 연인을 보면 사랑하고 싶어지는 것처럼. 그 에너지는 사람을 끌어당긴다. 그 사람이 속한 세계에 들어가고 싶어진다. 그곳에 가면 저 사람처럼 충만한 감정을 느낄 수 있을 거라고 생각한다.

일상을 바꿀 만큼의 변화는 이성적인 설득이나 타당한 논리로 일어나지 않는다. 즐겁고 긍정적인 에너지에 먼저 이끌리고, 그다음에 적합한 이유를 찾게 된다. 생각해 보면 인생에서 꽤나 중요한 항목인 직업을 결정할 때도 그렇다. 자기 눈에 좋아 보이는 일을 마음속으로 먼저 정한 다음 그 일과 내가 맞는 이유, 해야 하는 이유를 찾는다.

'우리 같이 저기로 가자' 말하고 싶을 때, 일단 멈추어 생각한다. 나라면 무엇에 이끌릴까. 내가 향하고 싶은 세계에 먼저 들어가 보는 것, 옳다고 생각하는 일을 꾸준히 하는 것, 그 일상을 통해 바뀐 내 모습을 솔직하게 보여 주는 것. 이것이 내가 선택한 방식이다.

모두가 같을 수는 없다. 오히려 각자에게 주어진 역할이 다르기 때문에 세상이 톱니바퀴 맞물리듯 굴러가며 유지된다고 생각한다. 누군가는 비건 식당을 운영하고, 누군가는 환경운동가의 삶을 살아간다. 나는 선두에 선 사람들의 바로 뒤에 서기로 했다. 그리고 고개를 돌려 저 멀리에서 눈이 마주친 사람들에게 손을 내민다. 망설이는 그들에게 조심스럽게 다가가 묻는다. 함께하지 않겠느냐고. 내가 서 있는 세계의 에너지가 당신에게 도움이 된다면 좋겠다고.

이 책을 통해 내가 내민 손을 누군가 잡아 준다면 정말이지 나는 더 좋은 사람이 될 수 있을 것만 같다.

매일매일 채소롭게

초판 1쇄 발행 2021년 4월 5일
2쇄 발행 2022년 5월 6일

지은이 단단
펴낸이 이광재

책임편집 김난아
디자인 이창주
마케팅 정가현 **영업** 노시영, 허남

펴낸곳 카멜북스 **출판등록** 제311-2012-000068호
주소 서울특별시 마포구 양화로12길 26 지월드빌딩 (서교동 395-7) 3층
전화 02-3144-7113 **팩스** 02-6442-8610 **이메일** camelbook@naver.com
홈페이지 www.camelbooks.co.kr **페이스북** www.facebook.com/camelbooks
인스타그램 www.instagram.com/camelbook

ISBN 978-89-98599-78-2 (03810)

• 책 가격은 뒤표지에 있습니다.
• 파본은 구입하신 서점에서 교환해 드립니다.